G 弦之歌：訾非文集

訾非 著

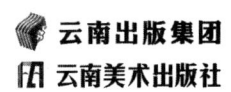

云南出版集团
云南美术出版社

图书在版编目（CIP）数据

G 弦之歌：訾非文集 / 訾非著 . -- 昆明：云南美术出版社，2022.4

ISBN 978-7-5489-4869-8

Ⅰ . ① G… Ⅱ . ①訾… Ⅲ . ①诗集 – 中国 – 英文②短篇小说 – 小说集 – 中国 – 当代 Ⅳ . ① I22 ② I247.7

中国版本图书馆 CIP 数据核字 (2022) 第 065284 号

出 版 人：刘大伟

责任编辑：方　帆
责任校对：庞　宇　　金　伟
装帧设计：隐园文化

G 弦之歌：訾非文集

訾非 著

出版发行：云南出版集团
　　　　　云南美术出版社（昆明市环城西路 609 号）
制版印刷：长沙印通印刷有限公司
开　　本：140mm×210mm
印　　张：6.25
字　　数：160 千
版　　次：2022 年 4 月第 1 版
印　　次：2022 年 4 月第 1 版印刷
书　　号：ISBN 978-7-5489-4869-8
定　　价：58.00 元

目录

诗歌篇

·现代诗歌·

你一低头燕子就飞来了	003
十二月	005
孔雀	006
秋夜遣怀	008
伊斯坦布尔	009
湖	010
忘却	012
农事	014
猪	015
蛙	016
就让一些八月的阳光开在午后	017
晨光里的	019
天空没有翅膀的痕迹	020
五道口	022
无题	026
隔世	027
红气球	028
温暖的回忆	029

·英文诗歌·

Afternoon ·· 030
The Ides of April ······························· 032
The Twilight of the Town ··················· 033
Spring Night and the Thunders ··········· 034
Cricket ·· 035
Cross ·· 037
Pond ··· 038
The Samsara and Nonsense ················· 039

·古汉诗英译·

乡思（Homesickness）······················· 040
乐游原（A Travel to the Wasteland）··· 041
归园田居·其三（Back to Rural Field Ⅲ）··· 042
归园田居·其一（Back to Rural Field Ⅰ）··· 043
题破山寺后禅院（Writing on the Wall at Back Hall of Po Shan Temple）··· 045
静夜思（Thoughts on a Tranquil Night）········ 046
卜算子·黄州定慧院寓居作（Busuanzi Living in Ding Hui Temple）······························· 047
酬乐天·扬州初逢席上见赠（Chouletian To a Friend Meeting for the First Time in Yang Zhou）········ 048
清明（In a Tomb-Sweeping Day）········· 050
贾生（To Scholar Jia）························ 051
孤雁（A Lone Goose）························ 052
已亥杂诗·其二百二十（Poems Writing in the Year Yi Hai No.220）······································ 053

小说篇

雁 ……………………………………… 057
G 弦之歌 …………………………… 067
龟兔简史 …………………………… 096
丁老板的巴儿狗 …………………… 115
快拆 ………………………………… 122
扎轮胎 ……………………………… 123
一个故事 …………………………… 127
红 …………………………………… 129
苍蝇与蜗牛 ………………………… 132
广播体操 …………………………… 133
童年的绿豆汤 ……………………… 141
李嫂 ………………………………… 149
声声慢 ……………………………… 170

诗歌篇

· 现代诗歌·

你一低头燕子就飞来了

你铲平了冬雪
铲平了暴雨的轮廓
在那个散漫的下午
把一个季节推倒在寂静的角落

你一低头燕子就飞来了
你额边的岁月就是
那磨也磨不平的大理石的顽固
还有一份阳光的孤独

河流指向南方
很多年，
你都不曾仔细端详

那就用怀念去制止一场梅花的骚乱
那就把一架犁铧的生涩安顿在打麦场上

就让送上地头的坛子里不再有水吧
火里不再有烟
梦里不再有秋天

——可你一低头,燕子就飞来了
双鬓斑白依旧,重复了一辈子的话语依旧

而伊在南方浆洗衣裳,
那剪也剪不断的杨柳,一次次把春天密谋

你一低头,就会有熟悉的燕子落上眉梢

2005-2015

十二月

从乌鸦漫无边际的飞翔
从渐渐证实了自己的雪　北方用逼真
而残酷的寒冷
让一座城池收敛虚幻的美
小咖啡馆内
十二月
用它精确的目光击打黑夜

在短暂
而又不能忘掉的空白里
布谷鸟，就那么突然地叫了一声
——你知道
这不是春天
你知道那来自内部的虚幻已然太久

十二月沿着筑楼人盲目的敲击声纷纷滑落
那些歌声也纷然滑落

是什么样的速度
将一条路逼到不能转身？在乌鸦
沉重的过错里、在垂直的
老橡树身躯里

去年的湖泊都在消逝

孔雀

好几次,
我走过那家崭新的百货商店
邻家的姐姐
站在一溜儿闪烁的玻璃柜台后面,
如愿以偿地
卖后跟愈来愈高的皮鞋
卖越来越短的裙子
不卖小火车

卖小火车的
是个大娘
她有,
巫婆一般的眼神;
笑容,有时是亲切的

我曾呆呆地,
呆呆地立在商店门口
玻璃橱窗前
看那一行绿色的列车
轰隆隆地
驶进春天

邻家的姐姐跳舞,溜旱冰,
看一毛一场的电影
然后突然结婚

那一次，
她像个公主般地
嫁了人
发髻挽得高高的
好几个地方都坠着花朵

她像一棵
还没有散枝萌叶
就早早盛开的玉兰树
—— 当然婚礼也是在春天的时候

短短的小街上
一串儿打扮得
同样花枝招展的汽车
把她从爆竹声里接走
拐了个弯儿
就不无遗憾地
停在并不遥远的地方

2005.3-2019.6

秋夜遣怀

将黑未黑的黄昏
小咖啡馆对面的墙
暗下去了

一场雨
不假修饰地
诉说谁的城

一杯茶
之于这样的秋天
委实冷了些

长长的熙攘的一段熟路
那酒不远
那沉醉的滋味不远,
也应是多年以前了

那桥上的影子
那落入水底的锁
谁日日走过

只有鱼儿,奇迹般地,
还在水下快乐着自己的快乐
我仍在濠梁之上

2004

伊斯坦布尔

每个走下飞机的人
脸上都挂着一个伊斯坦布尔
那孩子手执芒果
漏出去的橙黄的光
也是一枚伊斯坦布尔
落日的名字叫红，我早知道
你的颜色就是伊斯坦布尔
捧了咖啡被自动扶梯
带到半空里的
还是伊斯坦布尔啊
伊斯坦布尔
零点起飞的伊斯坦布尔
容忍的羊群里，
一丛灌木上鲜艳的
果实一般的伊斯坦布尔！

2014（发表于《草原》）

湖

每天早上起来
都看见你,安静得
就像群山一样

如果没有落雨
云就堆积在
你开阔的左岸
右岸是悄无声息的村庄

也许有鸟声缠绵
松烟隐约
在缱绻的坡上
必须有那个不会说话的人
编织木篱
把一只红蓼放入唐朝

花儿你总是望得到
蝴蝶的幻影总是
逃不出这青山如黛
碧水如绸

阳光的渠
流着流着就拉响了他乡的琴弦
还有一阵遥远的歌子
偷偷置换你的骨髓

晨风把万千心思悉数掠过
一朵黄花
也在风里惊惶失措

那逃走的蓝背鸟儿
我面对你
一生也只此一次

有时候下雨
你依然安静得
像昨天一样
像还未曾出生一样

我尚未面对过你的春天
那些睡去的杜鹃和山茶
魂魄已幻化为鸟
如今夏天抵达尽头
秋光更为灿烂
天空的幽蓝
偷走你的心

我要把自己缩小又缩小
清空再清空
直到可以飞翔
直到可以
一直飞进你的梦里去

（2016.8.8~9，香格里拉）

忘却

下了雨就撑开伞
我和你
都是过客

走在九月的边上,这一秒
你自天堂落下
下一秒,我在桥上渡河

渡,
那条上辈子也渡过的—— 河
在那边,你和我
都爱过没有鲜花的黑暗

夏天教我忘却
秋天催我断舍
可我牢记雨点儿
穿过掌心的感觉

下了雨就不屑奔跑
在 —— 万有引力捉不到的地方
你拥有天空,
拥有你看不见的星辰

下了雨就用一杯酒的浓度
守住热血的颜色

再用伞的倔强
迎上被忘穿的秋水
被高估的夜。

2016-2017 于北京

农事

你在山坳里种下玉米
于是敦厚的云,翻山过岭
把一场雨洒向六月的空广
你站在雨中目视日落苍茫
群峰渐隐
还有云烟
打四下里冉冉而升
修筑暮霭的墙

突然就有一群村灯燃亮
把遥远,粉饰得触手可及
再把一种散落
阐释成璀璨
——而那陡峭的坡上,总有一阵绝望
……一阵绝望
是你未曾遭遇过的
也许是那个刚刚陨落的人
又在攀越蜿蜒的山岗

所以你安放锄头
以水为祭
听尘世的大风呼啸
大树滂沱

2015

猪

产下一群幼仔
她就窄了，瘦了
就像篱笆上的一道缝
就像落拓者，走到歧路上去的模样

猪仔们卖出去那天
她就变得若有所思
搞不懂这一切是怎么回事
那样子，
让我想起我的哲学教授：
胳膊上注射了一针胰岛素
昏昏欲睡，却勉强推开椅子
打起精神谈论苏格拉底

她的眼睛月食般温柔
是不是命运
会稍稍通融

当她独自睡在泥沼里
就先别去惊扰她了
—— 平原上的十六个警察
就这样围住
德伯家的苔丝
等着她由梦里醒来

2003—2014

蛙

雨后水洼里
伏了一只蛙

它一下一下地
鼓动那个滴着水的下巴
看我从它旁边走过

一阵慌张，
从我的肺腑深处悄然升起
我知道，它已经伴随我很多年
它就在那里
如今，还在那儿

然后我就走到
长着稻子的水田边
抬头看那个蓝得发亮的天空
乌鸦，也就是在此时升上云端

有一声惨叫
不知哪一棵柏树
传递过来

2019

就让一些八月的阳光开在午后

梨园外，小径曲折
原野开阔
午后的信步，我们
渐行渐远 仿佛此去不再回头

捡拾太阳撒向群叶的
散碎银两；用目光扫荡
那碧绿的草场、高高的黄杨
触碰最远处
一座尖顶小教堂
——它若隐若现的十字
是一个念头高举

莫如让我述说蒲公英的轻盈
它们迎风高升
又僭越篱笆的界限
与梨子
谈一场门当户对的恋爱
——果实的香味也是幽浮不定
何况枝丫间宿命的沉稳
也正渴望一段不可承受之轻

天空的璀璨是不由分说的
每一朵云
都甘愿保持沉静

每一朵花
都开到心坎上
但你我，并不可以
听任那么多玻璃一般的鸣蝉
嘶叫
飞翔
而让秋天无动于衷

2015.8

晨光里的

如果你注视
银杏树下一溜儿自行车
就可以用目光触碰
那铁架子上银亮的反光
还有黑色座垫的温柔弧线
那些细密的、全都直指一个中心的辐条

太阳
这只新鲜的蛋黄
终于从两座大厦之间
破壳而出

纹丝不动的银杏树
就靠在魁梧的高墙旁边
安静到了你不能不爱惜
这样的冬天

你不能不承认
总有一些温暖
即使在这最冷的时节
也会钻进你心里头
——仅仅因为
一棵树的纹丝不动
仅仅因为一些事物渐次明亮

2015.1

天空没有翅膀的痕迹

等电梯的时候
空调风洞发出的嗡嗡
像一架飞机等待起飞

你站在,大厦十一层
等那个
三平方米的
小黑屋子
早一点爬上来
在你面前张开大嘴

等待的时候
每一分钟都是夏天
每一秒钟
都有毒蛇般的啃咬
仿佛热带雨季靠近了

那几个人
就站在离你不远不近的地方
从容,淡定
他们知道那一道带电的梯子
一定会来
不会不来

他们还知道明天的面包
后天的大米

都会一一到位
知道自己
在嗡嗡声里分分秒秒变老

你听到孩子们的笑声
从空荡的地方响起
一瞬间
你仿佛洞悉
这毫无新意的人生
就像看着
银河系里的小太阳，宇宙里
沙子一般大小的银河系
一只癌细胞在这个世界里的位置

电梯洞开时
你没有像他们那样一拥而上
而是，站在他们困惑的目光里
不进也不退
直到你被坚决地关在外头

你觉得，应该继续倾听
那抹不去的嗡嗡声
仿佛是在成全一道命令
或者一宗
没有人能知道的交易
在这微不足道的时刻
在这微不足道的宇宙一隅

2019.1-5

五道口

十三号城铁
把你抛在人多势众的五道口
久违了的二月
已消瘦过半

五道口有火车
也有汽车三轮车
当然还有城铁十三号
它穿过五道口
就像骆驼穿过针眼

五道口有男人、
女人
有中国的、外国的
穷的、富的
更多的
不富也不穷
在五道口,有一片去年的叶子
被春天的风认认真真地吹着

当火车要来的时候
就有人按下栏杆
留声机放开嗓门:

"火车马上就要开过来了
请注意安全……
火车马上就要开过来了
请注意安全"

于是你把目光
盯住那个叫"安全"的地方
它不远也不近
就盘踞在你心上
——你以为
盯住了它
就都好了：

猪肉不会涨价
花儿一定再开
在乎的人不会死去
爱不会消逝

甚至顺道儿买的糖炒栗子
也不会是不卫生的吧

五道口有麦当劳
也不能没有肯德基
有眉州东坡
在眼镜店旁边
总有人排一里长的队
站在黄昏里等待新出炉的枣糕
不买就不回去

电影院也必须有一座，
端居战略要津
——以前的"工人俱乐部"
现在票价飞扬
生意不错
广电局准它放什么
它就放什么

对面的大商厦
驾临五道口的新贵，才没两年呢
第一层衣飞裙舞
丰俭由人
第五层食肆纵横
咸淡适宜
饵料定位：中产阶级

一层和五层之间少不了五光十色、
耳鬓厮磨
已经有灰飞的誓言可以凭吊

五道口曾有过书店一家
就等在铁道边上
名字叫氧气
或者阳光什么的
好几年前的事了
后来改卖手机
才越做越红火

倒是报刊亭七八座
七八座碉堡
成功阻击了岁月
（或者击毙了它？）
封面上女人永远年轻
——你基本上都不认得了

你认得的
都已老去
——所以五道口
正在从你眼皮底下溜走
或者也许可以把话反过来说

五道口不轻也不重
不冷也不热
上不了报纸版面、网络头条
当然除了今年元月
或者也许去年腊月
有人站在铁轨中央
被飞奔的动车推倒
于是警钟，在小报的角落里敲了一响
历时八秒
至于他戛然而止的生活
你将永远莫闻其详
很多人也跟你一样

2015年2月

无题

在黑布伞漫不经心的庇佑下雨里行走
趟开漫过脚踝的水。
飞驰的水。
一个季节，捧出执著的凉意
捧出一阵暗暗的惶惑与惊喜

越过墙头的闪电，
突然让影子捂住双耳。
—— 那四散奔逃的花喜鹊
也曾桃子一般温暖

落到角落里去的红石榴，是一次缜密的呼喊：
秋已临近，蟋蟀们唧啾
又一段樱花般的失散

用 堆积了那么多年的思念抵御
这俘掠的绿色、无奈的水花
用积攒了那么久的气力
叩响沉甸甸的庭院

（2014.8-11）

隔世

给一座石像换上苍老的容颜
给一个下午送来一段慵懒的光
给你爱过的前世立一块温暖的墓碑
给一种漂泊奉上默默无语的抚慰

岁月是一次没有结果的审判
而收割后的麦地里
必须有人捡拾最后的希望
必须有人，站在那些死去的北方
手持七月的麦穗给六月
念出一长串绵绵无尽的悼词

必须从一层阴霾里辨认葡萄
必须给十九间屋宇，挂上纯粹的玉米
必须给这岁月的门楣贴满回不去的乡愁

必须仰望老房子上冉冉升起的孤独的炊烟

2014.8

红气球

从伯克利山上
落下一只红气球
它沿着山坡
一点一点地
降下来
有时碰着了一棵树
就稍稍升起一些儿

然后继续下落
直降到
三只乌鸦歇脚的地方——它们
显然是被吓着了
像三只炮弹冲天而起
更像是
一位母亲心头同时泛起的
三种不详的预感——

而那只红气球
依然悠悠落下
硕大的秋天
就在此时
从每个角落悄然升起

2013.8.31 Berkeley, CA

温暖的回忆

我在你潮湿的岸边睡去,仿佛一小丛篝火被暴雨熄灭。

在梦里我回忆那些早就不在的事物:一只蟋蟀在檐下彻夜鸣叫;一朵夜繁花黄昏后展开罗裙;通向山间的小路上,一级级石阶百草掩映。

秋天院子里凉风萧索,一场大雨过后,高高的蓝幕下挣扎着风筝。

我还记得梧桐树下滚烫的阴影。夏日午后,人们睡去了,热气熏蒸的天地间,小镇略显消沉。广玉兰树动荡不息的枝头上,那朵白花,孤绝、缱绻、清冷。

山花烂漫的春天,潜宿了一个冬天的蜂群,往来穿梭于光的帷幔。我听见了,梧桐的呼喊,清明雨中你的池塘渐次丰盈。

我曾在朗然的春色中睡去,枕着黝黑的田埂,麦子高出胸膛,野豌豆藤缠住我的脚跟。

我不止一次地擦亮星星,在未被注明的月份。

·英文诗歌·

Afternoon

After a sudden rain in a Saturday afternoon
The leaves of trees are glistening
The butterfly flutters by
The brook's murmuring

The wound is festering
And a sound pops into thy mind
When would it get better?

Let's climb up the hill
Let's hold something still
Let's lie doggo in the hall
Pretending nothing bad is real
Let's subsist on some petty matters
And a hefty imagination
Suffocation
Asphyxiation

After a sudden rain of a Saturday afternoon
Thy silence is like a watermelon
Microwave turned off
Gagged microphone

Fishes devolve deep into benthos and basin
Zooplankton

Heart, heart, whose heart is
Blubbering
Who is getting vertigo
Looking down the high building
Flabby abdomen

After a sudden rain of a Saturday afternoon
Still feel the icy hibernal cold and hebetude
The shining beams are strong and unbridled
Blinded eyes, muzzled mouths
It's up to Gods to decode the secrets
Pandemoniums

2020.4.4

The Ides of April

The horse shakes its head,
Giving a cheerful whinny
A shallop passed by swiftly
The lilacs, keep an aura of confidence
The cold, dissipated

Ready to accept whatever happens
Here we stay, nothing we can say
Silence is
My only masterpiece.

Pay no attention to the swaggering geese
Or cocks
Thou thereof savor the glaucous color
Of the leaves
Tarry a while, in the middle of nowhere
Calmness is in apposition to happiness

2020.4.15

The Twilight of the Town

Threading a needle became a fiddly task
For the dexterous housewives
Under the crescent moon
Amid the crescendo of the voices.

It's also not a time of fluke
For the sparrows returning home.
They sometimes climb up in the air
Like a bumpy flight of a plane
Occasionally swoop down
Like fighters attacking an invisible carrier

Thou can't glom on to the beauty and the haste
Of the world at this transcendental moment.

The twilight pops out as an eloquent pettifogger
Thou has to fend his persuasion and rhetoric
The twilight is like an outbreak of pandemic
Or a heavy rain walloped the island.

2020.3

Spring Night and the Thunders

Last night the thunders reverberated
In the emptiness of April
After being muzzled for a whole winter,
The angry voice smashed thousands of
Dreams
Maybe more.

The fishes, under the water,
Drank themselves into oblivion
Something was shaking
The straw in a gust of wind.

2020-4-16

Cricket

We shouldn't use the word "move"
To portray its movement
Cause when I noticed it's on the corner of
A table
It already appeared on a pot
Now it's in the middle of the floor
Seem like it has gone through
A hole of space

It's just here and there
No trails to share

Its sporadic singing ignites piles of
bonfires
In the deepest part of my heart
Especially at this night:
After a thunderstorm
Twigs of trees lie on the ground
Leaves still green,
Unaware of the disconnection

The populus ignores
The second day of the autumn
The cicadas shout out
With too much hesitation.

The cricket jumped onto a dictionary
(The dictator of the vocabulary)
So many words await a revolt.

2020-8-9

Cross

Cross to the other side of the river
Bombarded by the voice
Of the summer

Tired of the tumult of the world
Craving for some moments
Of quiet

The moon is the petal
Of the night
It flourishes in August

Farewell, the cricket
Goodbye, the grasshopper
So long, my dear morning glory
And belle de nuit.

2020.8

Pond

I come down to the pond
To sail my boat
It floats on the still water,
Which looks like a mirror

I am hoping for the best
For its journey to the west
——Actually it wouldn't move
Only my heart disappears
In the remote mist

2020.8

The Samsara and Nonsense

For many years the sunflower
Conceives
Into the memory's nest I fall
The sparrows twittering
The days of the summer
The chambers and the chameleon

The starvation is an annoying
Neighbor
As well as the woodchuck
The broken courtyard

There you sat,
Blubbering in Monte Carlo
That straight street
Shining lamps
Ugly lanterns
So many bodies hanging over

2020.8

·古汉诗英译·

乡思

[宋] 李觏

人言落日是天涯，望极天涯不见家。
已恨碧山相阻隔，碧山还被暮云遮。

Homesickness

I was told that the sun
Sets to the end of the world

I tip my toes
Yet my house
Remains out of the sight

I hate those
Green mountains
Blocking me from my acquaintances

But even the mountains
Are the victims
Of the devouring evening
Clouds

2020.1

乐游原

[唐] 李商隐

向晚意不适,驱车登古原。
夕阳无限好,只是近黄昏。

A Travel to the Wasteland

Just don't feel quite well before the evening
I drive my cart out to the wasteland alone
The twilight is definitely good and splendid
But is doomed to die soon

2020.1

归园田居·其三

陶渊明

种豆南山下,草盛豆苗稀。
晨兴理荒秽,带月荷锄归。
道狭草木长,夕露沾我衣。
衣沾不足惜,但使愿无违。

Back to the Rural Field III

Plant beans at the foot of the southern hill
The grass flourishes whereas my plants don't grow well
Get up early in the morning and get rid of weeds and ruderal
Go back home carrying the moonlight and my hoe
The path is narrow and the shrubs are rather tall
The evening dews wet my clothes and the heel
It doesn't matter, however,
As long as my work wouldn't be futile

归园田居·其一

陶渊明

少无适俗韵，性本爱丘山。
误落尘网中，一去三十年。
羁鸟恋旧林，池鱼思故渊。
开荒南野际，守拙归园田。
方宅十余亩，草屋八九间。
榆柳荫后檐，桃李罗堂前。
暧暧远人村，依依墟里烟。
狗吠深巷中，鸡鸣桑树颠。
户庭无尘杂，虚室有余闲。
久在樊笼里，复得返自然。

Back to the Rural Field I

I have not been good at fitting into this world
I love the hills and the mountains more than that.
Yet I was dropped into the net of life,
For thirty years altogether.
Like a caged bird reminiscent of its old woods,
And a fish missing its childhood river.
I want to be a pioneer in the wilderness of the southern territory,
Holding my simple life in the rural field.
Ten acres of space would be good.

Eight or nine grass buildings are enough.
Branches of elms and willows cover the back eaves
Peach and plum trees bloom before my eyes.
Looking at the distant villages in the haze.
Smelling the smoke from kitchen chimneys
Hearing the barks of the dogs from the deep alleys,
And the crowing of the cocks over the top of the mulberries.
My home is clean, and my heart is easy.
I'm back to the nature's bosom.
After a long period of detention.

题破山寺后禅院

[唐] 常建

清晨入古寺,初日照高林。
曲径通幽处,禅房花木深。
山光悦鸟性,潭影空人心。
万籁此都寂,但余钟磬音。

Writing on the Wall at Back Hall of Po Shan Temple

In the morning I visit this ancient Buddha temple
The rising sun is shining over the tall forest
This meandering path leads me to a silent place
Where the worship building is covered by flowers and trees
The light of the mountains cheers the birds up
A clean pond clears my mind and heart
Nothing makes any noise at this moment
Only the bells and chimes give forth a sound

静夜思

[唐] 李白

床前明月光，疑是地上霜。
举头望明月，低头思故乡。

Thoughts on a Tranquil Night

The moonlight is covering my quilt
I took it for the frost
Raise my head to see the moon that is bright
Lower my head to miss my homeland that's distant.

卜算子 黄州定慧院寓居作

[宋] 苏轼

缺月挂疏桐，漏断人初静。
谁见幽人独往来，缥缈孤鸿影。
惊起却回头，有恨无人省。
拣尽寒枝不肯栖，寂寞沙洲冷。

Busuanzi Living in Ding Hui Temple

A worn moon is hanging over the barren parasol
This midnight you can hear no voice of a soul.
To and fro a lonely person silently walks alone
Like a goose which lost its flock slept with no companion.
Time after time it's awaken by any faint commotion,
Looking back with hate and regret that nobody could understand.
It'd flittered here and there being reluctant to settle down in anywhere,
Just lingering around at that cold sandbank of a river forever.

2020.2

酬乐天 扬州初逢席上见赠

[唐] 刘禹锡

巴山楚水凄凉地，二十三年弃置身。
怀旧空吟闻笛赋，到乡翻似烂柯人。
沉舟侧畔千帆过，病树前头万木春。
今日听君歌一曲，暂凭杯酒长精神。

Chouletian To a Friend Meeting for the First Time in Yang Zhou

The mounts and rivers of Ba and Chu territory
Are the desolate places for a soul like me.
Twenty-three years' demotion,
Is really quite long a term.
I've nearly forgotten who I am.

I could only recite Mister Xiang's prose,
As I got nostalgic and missed my auld acquaintances.
Now I find they're not
Alive in this world any longer.

I was just like the man
Who got lost in the wood,
With his time frozen around.

He returned his home after a while,
Yet to see everything had changed.

Tens of hundreds of swift sails are passing by,
Ignoring this sunken boat.
Tens of thousands of burgeoning trees,
Are standing in front of a plagued plant.

I herein am grateful to you my friend
For singing me a piece of elegant melody.
It cheers me up and delights my heart,
temporarily,
Together with a cup of liquor.

2020

清明

[唐] 杜牧

清明时节雨纷纷,路上行人欲断魂;
借问酒家何处有,牧童遥指杏花村。

In a Tomb-Sweeping Day

This Tomb–Sweeping Day
Is as rainy as before.
Everybody on the road,
Runs frantically like a ghost.
I ask a boy who's taking care of the herd:
Where could I find a tavern to stay and eat.
He points to the distance, with a distant voice:
There, there, at that village called Apricot Flower.

2020

贾生

[唐] 李商隐

宣室求贤访逐臣,贾生才调更无伦。
可怜夜半虚前席,不问苍生问鬼神。

To Scholar Jia

A demoted subject of virtue was recalled
By the monarch and granted a solemn interview.
It was Mister Jia who had the talent and nobody was the rival.
What's the issue that attracted the two persons to sit closer?
It was not about the welfare of people,
But the demons in another world.

孤雁

[唐] 杜甫

孤雁不饮啄,飞鸣声念群。
谁怜一片影,相失万重云?
望尽似犹见,哀多如更闻。
野鸦无意绪,鸣噪自纷纷。

A Lone Goose

The lone goose has no mood to drink or eat
It flies and honks calling its flock.
Nobody shows pity on this piece of lonely shadow
Lost its fellows flying in the distant clouds and
finding their places to nestle
They sometimes appear in its eyes
As it looks into the heaven all the time
It often mistakenly hears the answer which is
Actually its own reverberation
The crows couldn't understand what is
happening
And feel no interest
Just hooting and laughing, full of positive
expectation.

2020.3.22

已亥杂诗·其二百二十

[晚清] 龚自珍

九州生气恃风雷，万马齐喑究可哀。
我劝天公重抖擞，不拘一格降人才。

Poems Writing in the Year Yi Hai No.220

This country is dying dreadfully
It needs lightings and thunders to resuscitate
This place is unfortunately feeble and fade
Not a single horse is good for the chariot
Let me persuade God to perk up once more
And send us talents and geniuses
With great variety and scale.

小说篇

雁

1

他做了一夜的梦,直到凌晨,方从纷乱复杂的意象里挣脱出来。

晨起的恍惚中,他听到窗外传来几声高亢的鹅鸣:刚!刚! —— 刚刚!

一定是那些大鹅,装在笼子里,被拖拉机载着,送来料峭的县城。

那是县委食堂的拖拉机,突突突突,这背景下,鹅的叫声分外嘹亮兴奋。它们是从乡下来的,不会意识到,自己已抵达生命的终点;而他床头那只钟,也就要喧闹起来,催他晨读、上学,迫他做个勤奋的人。

他下床,迷惚着套上衣裤,呆坐桌前,等着头脑逐然醒来。

然后他蓦然意识到,这是在美国、一个叫佐治亚的地方。那几声断续的鸣叫,来自掠过屋顶的一群大雁。

又到了鸿雁北归、万物复苏的时节,窗外,是愈来愈浓酽的春天。

他透过窗子,瞧见一丛连翘吐露黄灿灿的花瓣 —— 家乡大片大片的油菜花,都是这样的颜色。

油菜花有热烈腥醇的气息,总让他联想到死亡、麦地和性。

他忆起小时候,和邻居的女孩在油菜花盛开的田垄边捉迷藏,天空一碧千里,无数蜜蜂在半空游弋往复 —— 这是快三十年前的事了。

2

二十年前,他还是个少年;那时,那些鹅——县委食堂的肉禽——日复一日,在黎明前后被载进城来。

刚!刚! —— 刚刚!凌晨凛冽朦胧的小城,于它们而言,想必是怪异神奇之地。

那时他不免嘲笑它们对命运的无知。

而今他却想:一只鹅,无论做何努力,怕也逃脱不了命运的捉弄。

3

从半掩的窗帘投进来的光,涂染桌上一溜儿排开的书籍,他又看到那本厚厚的《庄子》;它靠在一本字典背后,青色的,如一块石头。

不用翻开它,就能回忆那个故事。庄子,在山中行走,见一棵大树。树,枝繁叶茂,伐木人站树下却不动手,而说:此树无用。庄子对弟子们感慨:瞧,此树正因为不成材,方得以保全。

多温暖的一番话。

然而人生的难题,没能一揽子解决。庄子领着弟子从山上下来,顺道拜访朋友。朋友殷勤备至,催儿子去杀鹅待客。孩子说:有两只鹅,一只会叫,一只不会,杀哪只呢?

当然杀不会叫的那个。

弟子们面面相觑:师傅,您方才不是说山上之树,因不成材而保全么,可这鹅,可这鹅。

那就把自己放在材于不材之间,他说。

仍然不是个令人信服的答案,有用也罢,无用也罢,有用无用之间走钢丝也罢,那无形的尺度如何拿捏?叵测的分寸如何把握?

庄子也知道自己未能自圆其说,他又说:

材与不材之间,似之而非也,故未免乎累。若夫乘道德而浮游则不然,无誉无訾,一龙一蛇,与时俱化,而无肯专为。一上一下,以和为量,浮游乎万物之祖。物物而不物于物,则胡可得而累邪!

他把视线离开那书,闭上眼,感到自己飘着、悬着,心头惴惴的是空虚和眩晕。

"浮游乎万物之祖,"于一只鹅而言,是多么可望而不可及,谁能逆着驯化之路折返,变回一只雁?

4

他走出门外,看到又一群雁打头顶飞过,刚、刚、刚刚!

它们亦不过受着本能的驱使,寒来暑往,循规蹈矩,怎谈得上不物于物。

一群大鸟匆忙而刻板的飞翔,如何在庄子心内的湖泊投出自由的虚象?

然而能飞总是好的。

他来到坡上、走到一片红松树林的边缘,被明媚的阳光包围了。佐治亚的春天,百鸟争鸣,万花竞放,不能说不美。久居于此,昏昏然就有了家的感觉——但他还是决定离开,并因这个想法激动不已。

当年,他远离小城,去南方的 S 城念大学,不也是满怀兴奋,希望走得越远越好?

他曾得意于自己的坚持和主见,得意于自己意志的自由。而今他不是很肯定了。

5

他还记得他的祖母,她的村庄。当她因他的顽劣而生气,她就会说:"再闹,就送你回家!"他闻之惊惶,怕它变成现实。

那时他六岁,寄养在祖母家,他的父母,在南方的县城。父母之于他,已是传说了。

他记得那天祖母说起她的儿子、他父亲的时候,他望着梧桐树投在地上的弯曲暗影,胸头蓦然升起一层困惑和惆怅。他说他没有娘,奶奶便是娘,他抱紧她的腿,怕自己被她送走。

更小的时候,每当他听到镇上传来隆隆的火车声,就会飞奔出门,说:"爸爸来接我了,爸爸来接我了!"——这是祖母告诉他的,他自己却不记得。他的记忆里,总是怕被她送走。

他就这样长成一个忧郁成性的人。

不知谁说过:忧愁的人有福了,因为他们一生都拥有盼望。

他不觉得这是一种福。

6

他在树林里走了一段,迎面是一条旧铁轨。每到夏天,它周围,野草莓、葛藤、牛蒡,就一丛丛热切蓊郁地生长,把铁轨掩埋进它们绿色的躯体。而现在,它们都还没有萌发。

两年前,他常常拉着儿子在生锈的铁轨和皴裂的枕木上行走。那时孩子刚会走路,不停地跌倒爬起,连走带爬的,却是异常开心。他们都喜欢沿着铁轨一直走下去,越走越远,一走就是半个下午。

有时走得太远,孩子累了,他就抱着他回家。归路上,孩子每每在他怀中睡去。

7

来佐治亚前,他在德克萨斯的 X 城待了几年。X 是一个再小不过的城市,坐落在半沙漠地带。秋天,成群的大雁从北方,从加拿大飞来过冬。公园的浅湖四周,尽是它们硕大的身影。

X 城有四个公园,都有湖、有宽阔的草地和树林。饲喂大雁,是居民赏心悦目的消遣。当他们湖边散步,或者野餐,总乐于向这些翩翩的大鸟施舍。它们的生活,可谓无忧无虑。

冬天偶尔会下一场小雪,把 X 城打扮成银装素裹。一只只雁,立在一派银白的中央,岿然不动,宛若一座座孤岛。

那是苏东坡《卜算子》的意境:"惊起却回头,有恨无人省,拣尽寒枝不肯栖,寂寞沙洲冷。"

到春天它们就结队成群,辞归北去。

也有留下来的,此间乐,不思蜀。久之,也就失去了迁徙的记忆。

留鸟生息繁衍,积少成多,终于为数甚众。它们占据池塘和草地,排斥其他鸟类,在繁殖季节,攻击接近湖边的人——在它们的眼中,那一片湖水和林地,当然是它们的。

人们为此大伤脑筋,于是有人建议:杀掉一些?

当然遭到反对。

8

他五岁那年秋天,祖母在村外捡到一只受伤的灰鹅。他至今还记得它挣扎的模样和惶恐的眼神。是翅膀受了伤,到冬天它已然痊愈。清明节前,它生了一只硕大的蛋。

清明节当天早上,孩子们总要带煮熟了的鸡蛋去上学。奶奶在桌子一边放了四只鸡蛋,另一边放了那只硕大的鹅卵,问:挑哪一边?

他委决不下,很有些苦恼。

最后,他还是选了鹅蛋。

那只鹅不久就飞走了,它其实是一只灰雁。

9

旧铁轨上锈迹斑斑——很久都没有火车经过了,况且,这里的春天是多雨的。

没有草木的遮盖,顺着这一双铁轨,可看到很远。

高大的橡树、瘦削的山毛榉,都还是一身去年的枯叶,桦树也在沉睡。这一片乔木丛林,仍是一派冬天的情绪。然而几声鸟鸣、几朵野花,又要从这情绪里挣脱出来。

异乡的草木,不会让你快乐。你胸中的春天,无处安放。

10

他读过一篇短小说:一个孤僻少年,厌倦了周围的人、周围的事,一心想离开。有一日,来了个航天工程师,要他驾驶他新设计的飞船,做一次漫长的宇宙飞行。他欣然接受这个机会。

飞船点火,摇晃,似乎离开了地面,他突然惊慌失措、歇斯底里了:"让我出去!放我出去!"

发动机戛然而止,四下里也不再摇晃,舱门洞开,他重又暴露在熟悉的阳光下——那"飞船",其实根本就不曾起飞。

11

"在梦里我们曾是陌生人,梦醒时,我们原本相亲相爱。"

12

"何处秋风至?萧萧送雁群。朝来入庭树,孤客最先闻。"

13

他来美国那年秋天,有一部电影正好首映。那是 *Fly Away Home*。

那个女孩叫 Amy,跟着单亲妈妈生活,车祸又让她失去了她。

她是有父亲的,她被送到他在加拿大的农场,跟这个古怪的男人生活。

他热衷于离奇的艺术和发明,不是任何一个女人理想的丈夫,也不是一个女儿理想的父亲。这个女儿,不知该如何与他相处。她在孤独的农场里四处漫游。

在一片被垦伐后的树林里,她捡到一堆被遗弃的鸟蛋。

怎么办?

这时,父亲的古怪派上了用场,他居然造出一只孵化箱。一群湿漉漉的小雁,就这样被孵了出来。

小雁们,把它们第一眼看到的 Amy 当作了母亲。

Printing,就是这个专业术语,带有一种天经地义的味道。

幼雁茁茁日壮,官僚闻风而至:养雁违法 —— 除非你剪去它们的翅膀,或者让它们飞走。

怎么办?

还是让它们走吧。秋天来了,可它们不知道什么是迁徙。本能并不是本来就能。

父亲的古怪又派上用场,他做了两架飞行器。在天上飞,父亲领着女儿,女儿领着她的雁,长长的一大群。向南,飞越山川,偷越国境,终于抵达一块即将被取消的鸟类保留地,在北卡罗莱纳州。

14

雪雁,白色的素食鸟,站在北美极地苔原冻土上怅然遥望。

这是他在一本地理杂志封面看到的景象。在另一张照片里，它们起身飞翔，露出灰黑色翅尖，脖子伸得长长的，看上去有点吃力。

在过去几十年里，这种好看的鸟数量激增，从50万变成300万。它们大量消耗草类，把湿地弄成荒漠，北极圈里的苔原也遭到破坏。

"至少要除掉一半。"科学家们得出这样的结论。

政府于是鼓励猎雁。住在加拿大北方的爱斯基摩人，一下子涌现许多猎雁英雄。每日打下十几只，分送给亲戚朋友，光荣，正确，且实惠。

"如果民间捕猎不能大量消灭雪雁，不如考虑军队介入，或者，引入某种病毒？"报上如是说。

15

那是在夏天，天蒙蒙亮，他坐在小叔拉着的木板车上，奶奶走在旁边，四下田野里萤火闪烁。他七岁了。他们去镇上赶早晨的火车，送他回城里上学。

火车，如此漫长的一排灰绿色的盒子，喘着粗气，大声吼叫，一点儿也不亲切，但它的摇晃让他放心。

彼时的火车，体积庞大，速度缓慢。由早至晚，一整天只能爬地图上的几厘米。当火车颤颤地靠在T县车站，已是半夜。

他父母的家，灯光把四壁照得雪白，陡然进门，他像盲人一样啥都看不见了。

他再也听不到油灯燃烧时劈啪的声响，也不能在睡觉时，用手指去抠黄泥和麻杆的墙。他还牵挂着他的狗，他养的羊和鱼；它们的下落，被留在了往日的混沌中。

他的父亲，那个陌生男人，高兴的时候给他念"忽如一夜东风来，千树万树梨花开"；失望时，也能把他踹出门外。他上学了。

县委大院食堂的红烧鹅肉,香气诱人,放进嘴里,却坚韧难食——火候总也不够。

父亲做的红烧鹅肉,倒比食堂的好些,可惜作料太多,有中药的味道。

他记得,父亲喜欢养花,只是他的花难得开放。种子一旦发了芽,他都不忍除去,于是它们摩肩接踵,挤满整个院子。棵棵羸弱不良,花事奄奄。

他的母亲,他始终疏远着,她不能让他感到亲切。

16

他忘了这个故事出自何处了。列子送老子一只雁,家人欲屠雁而烹之,老子说:"放了吧,它已经老得跟我相似了"。

古文里,雁鹅不分,列子送的,大约是一只鹅?

老子是个幽默的人吗?从《道德经》里他没有读出一丁点儿幽默味道。

而关于雁与鹅的幽默也委实不多。

雁与鹅的命运,在人类想象的世界里,别若云泥。"鸿雁在云鱼在水""长风万里送秋雁""相望始登高,心随雁飞灭"……我们痴望着天空飞翔的大鸟,羡慕,神往,哪会一瞥腿边啄草含沙的鹅?

总是把最热切的文字寄给远方的人,雁帛,雁尺,雁素,雁笺。就算是雁逝鱼沉,遗憾也成了一种美好。

17

他沿着旧铁轨走了长长的一段,就到了铁轨与高速路的交汇处。

他站在铁路桥上,看桥下众车子弹一般呼啸而过。

他不厌其烦地看它们匆匆来了又走，来了又走。
头上又有雁阵飞过。

18

"何处高楼雁一声。"
"谩道行人雁后归。"

19

他的儿子已上幼儿园，说英语，见到蝴蝶，脱口便是"butterfly"，看到樱桃，是"cherry"，馒头是"bread"，煎饼是"pizza"。

他试图教他几句中文，教他几首简单的诗。孩子学得很勉强。这几日，他好歹记住了一首：

别路云初起，
离亭叶正稀。
所嗟人异雁，
不作一行飞。

据说这是唐朝的一个七岁女孩写给她哥哥的。

2003 年 4 月写于美国佐治亚雅典城
2003-2010 年删改于北京

G 弦之歌

1

广州的美国领事馆门前,站着一棵榕树。那棵树硕大无朋,从树冠垂下的百数条气根犹如长发曳地,有一种既稳重又疯狂的气质。在棵大树的四周,是铺陈开去的水泥地面,把这棵树团团封住,只给树干和那些气根留下一圈儿圆形的土地。

他坐了两天的火车,才来到这个叫"广州"的地方——在那之前,他只在电视里看到过它。在美国领事馆门前,是他头一次见到榕树。他盯着这奇怪的物种,恍然忘了所为何来。

他从上海来,但不是上海人。他在那里念过书,念过大学,一毕业就走了,去 N 城找了个工作。两日前他去上海,到美国领事馆签证,在骄阳下站了整整一个上午。接近中午的时候排了进去。护照递进去了,申请材料递进去,申请费收据也递进去了。那个签证官,有一张灰暗憔悴、公事公办的脸,低着头:"你是学建筑的,怎么改读社会学?"

"我喜欢。"

"喜欢?"他抬了抬头,朝他投过一瞥怀疑的目光。(又一个有移民倾向的家伙,你跑到美国去,一定会转专业,赖在那里不走了。)"对不起,我不能给你签证。"

"为什么?"

"你没有足够的经济能力。"

他要争辩,可他把一沓材料推了出来,转身走开——是吃午饭的时候了。

他出了美国驻上海总领馆,在街上徘徊了一会儿,去小饭馆里吃了碗面,就决定去广州碰碰运气。

那时候，他们这帮拿不到全额奖学金的申请人，就是这样从一个城市跑到另一个城市去试运气。上海、北京、广州、成都。

2

眨眼似的，已经站在广州的美国领事馆门前。这是一九九六年的夏天，领馆大门两侧橱窗里陈列着恐怖组织名单，用精致的纸张印刷出来的，看上去很小题大做的样子。

门前站了两队人。一队等待签证面试，沿墙根排列，试图躲开七月的骄阳。这队伍排到无可躲藏之处，就折向榕树的阴影，绕树一匝，远远看去，像一条卷曲的尾巴。

另一队是领签证申请表的，从另一个窗口排出来，人少，但无墙可躲。

他没有立刻站进领表人的队伍里。他听人说，领表要凭暂住证。排队的人果然都拿着不是护照的证件，让他觉得此行也许是空跑一场。

最终他钻进队伍里。那个发表格的是个中国人，本不想把表给他，把他递给他的护照扔了出来，但迟疑了一秒，把两张申请表也扔了出来。

此时已有人面谈完毕，陆续从铁栅栏门里走出来。

便有人围上去询问。被拒签的，摇着头匆匆走开。获签了的，兴高采烈，有问必答。

他待了会儿，觉得无聊，便朝住处返回，打算第二天继续来碰运气。

在他经过白天鹅宾馆门口的时候，他碰上了她。宾馆离领馆也就几步之遥，所以也可以说，他刚离开领馆，就碰上她了。

她正拿着一只蓝色的文件夹迎面而来。她问他：签过了？

他说没有。

哦,被拒了。

他说也没有。

她又问今天好签不好签。

他说说不上来。

有没有被拒的?

当然。

签过的多不多?

也有几个。

都是什么样的?

有好看的,也有不好看的。

她笑起来,露出很白的整齐的牙齿:我是说 F–1 和 J–1 哪个好签。

那谁知道。

她说她得走了。她也是去拿表。

3

住处离领事馆不远,走十分钟就到,H 省驻广州办事处招待所。他和另一个人共享一间标准间。那是个三十多岁的瘦瘦的北方人,中等个头,体形和面目都有点像兵马俑。

王明,北方人说自己叫王明。这个名字太过平常,反倒好记了。王明卖枣,是一家果品公司驻广州的经理。

沧州的金丝小枣,王明说,到秋天,树上缀得满满的,光灿灿的一片,都是钱啊!铺天盖地的钱。王明说他父亲有钱,是老板,有很多钱。

住在这样的招待所里,声称自己是有钱人,不免让他起疑。

王明似乎看出他的怀疑,就说:跟这边的款儿比,他们家自然也算不上很有钱。

"你有钱?"王明突然问他。

"没有。"

"做生意?"

"上班。"

"在广州?"

"南京。"他说他是来签证的。

"出国!赚大钱!"王明恍然大悟似地说。

4

中午转眼即到。从招待所二楼上到四楼,便是餐厅。便宜的菜,白送的汤,招待所特有的风范。他猜想,在会议室里,一定还有那种大肚子的描竹画兰的白瓷茶杯,盖子上有个圆圆的、乳头般的提纽。他的一个婶子曾在县城招待所工作,他还记得招待所里有一座覆着厚厚的铁锈的像炸弹形状的开水锅炉。

他端着饭菜和汤四下里寻找座位,就看见了她。她换了衣衫,面目还是熟悉的。她也看见他了,朝他微笑。

"领表了?"他问。

"领了。"

"签了?"

"明天。"

她说她姓艾。

"哪个艾?"

"自怨自艾的艾,艾蒿的艾。"

好稀罕的姓,百家姓里怕没有的。

她说这个姓根本不能算罕有。

他说他想起来了,有个诗人还叫艾青呢。

她说你的中学语文老师应该是学数学出身。

他拍了拍脑门，说是哦，诗人还有叫"一条鱼"的，一条总不会是个姓。

你不会姓"一条"吧。

他说他姓魏，"女鬼"魏。

护照上的她比她年轻，有点儿稚嫩，一定是好些年前照的。眼前的她依然很美，只是老了些，但也可以说成熟了些。

她说她出过国，越南、老挝、还有新加坡，带团旅游，干了六年，"干成老太太了"。

他们在同一张桌子上吃饭，把各自的信息谨慎地透露给对方。她是云南人，不是少数民族，外语系毕业，想去俄亥俄州立大学读教育，已经被拒签过两次了。

"肯定是因为长得太漂亮。"他说。

她笑起来，说他真会说话。

"都说长得越漂亮越难签。"他把在上海听到的谣言散播给她。"一过去就嫁人，移民倾向就写在脸上。"

"呵呵。"

"也有的说，在外国人眼里，越丑的中国女人，他们看着越美——"说到这儿，突然觉得不大对头，于是戛然而止。

她倒是并不介意，她说她已经人老珠黄，不论美丑都该让她签过。她说你这么年轻，前途无量。

他说自己已经二十五岁了。

她让他猜她的年龄。

"二十六。"

"二十八了，"她说。

"不会吧。"

她说当然是。都是一转眼的事情。说她还是小姑娘的时候,看过电影《姑娘今年二十八》,不懂二十八了有什么可怕的,那时候天天盼望着长大。

"转眼就二十八了!"她说。

"姑娘今年二十八?"

"你看看,都不是一个年代的了。"

"那可也不一定。"

"你还年轻着呢。"

"你也不老。"

"早两年还敢这么说,转眼就二十八了!"

5

同屋的王明,整宿在给一个女子打电话。在电话里,王明向她承认,他已经结婚了,有孩子。他说他喜欢她。听得出来,她似乎也离不开他。如此一目了然的局面,居然纠缠个没完没了。半夜,王明的表哥攥着一听啤酒进门,坐在王明床边默默地且听且喝。酒喝完了,表哥站起来,虚张声势地吼了一声:那就结婚吧!

王明移开听筒,扭头瞟了一眼这胡子拉碴的表哥,又抬起听筒接着跟那边的女人长吁短叹。

表哥把空酒瓶子扔进垃圾桶,摇着头转身走出门外。

这时魏已经填好签证申请表,拉过被子躺在床上,专心听王明和那个女人互诉衷肠。

在电话的那边,应该是有好几个女孩子。她们跟王明都很熟,其中有一个要嫁给王。到后半夜,王的电话被掐断了,是楼下服务台值班的女孩干的。他嘟囔着冲出房门,下楼去理论。回来时电话又通了。"喜欢,当然喜欢,""当然想了!"

魏的神智渐次涣散,慢慢沉到梦里去了。

6

他在吃早饭的时候又碰上了她,便约好了一起去签证。

他们来到领馆门前,时候还早——住得近,竟有点近水楼台的意思。

排在墙影下,勉强躲过南方夏天奔放的烈日。这早出晚归的太阳,在这个季节很不招人喜欢。

后来太阳越升越高,墙影也就缩进窗子里去了。一群人都站在烈日下无处逃遁。她拿出一把伞让他举着,两人站在伞影里,就有几分说不清道不明的感觉。

他们是一同被放进那扇铁栅栏门的。她又被拒签了,他也一样。这事没什么道理可讲。

他们没有马上回旅馆,有人在领馆门口拦住了他们。魏认识他,昨天这人就在人群里分发名片,自称是一个留学咨询机构的总经理。

魏不想理他,但是艾决定要跟总经理走一趟,他便也跟了去。

那个人的公司离美领馆并不远,经过一两条街,三拐两拐,就走在一条僻静的巷子里。门面倒也干净,办公室墙上赫然挂着毕业证书。总经理说自己是南京大学毕业的,也有一本护照,他把它翻开来,让他们看那上面的签证。美国签证,他说那是三年前的了,虽然拿个签证易如反掌,他却不屑去了。他说还是挣钱要紧。不是吗?他反问魏和艾:你们谁有俞敏洪挣得多?俞敏洪是谁?

收起他的护照,他郑重其事地宣布服务内容和收费标准。便宜的三百美金,教你如何准备材料,如何回答领事的问题。昂贵的三千美金,公司给你重新梳理材料,"把你重新包装一下。成功率百分之八十以上。"总经理把自己扔进老板椅,给自己点了根烟,"办成了才交三千美金,目前只交三百美金服务费。公不公平？"

"要是有人签过去了，不给你钱你怎么办？"

总经理拉开抽屉，捏出一张纸："瞧瞧这个！"

纸上只有两三行字，信息倒很全：姓甚名谁，何方人氏，护照号多少，末了写着："本人有移民倾向，签证赴美后一定申请移民，滞留不归。"

"到时候我把这张纸往领事馆一交，把名字往电脑里一打……"

（嗯，后果很严重！）

艾把手提包里的材料一份份拿出来让总经理过目。

"你知不知道你有个最大问题？"总经理看完了材料，抬头一本正经地说。

"什么问题？"

"你没结婚。"

"嗯。"

"一个三十岁的女人还没结婚，去签证基本上就没希望——况且还是这么漂亮的。"

"……"

"你一定得结婚，假的也行。"

7

在一家照相馆里，相机后头的那个中年妇女老让艾和魏"靠近点、再靠近点。"

他们一致表示：这样就行了，不用再近了。那女人就翻着白眼说："不是照结婚照吗？"

当然是，但这样也就行了。

那女人嘟囔了一句粤语，他没有听懂。

照片立等可取，他们在照片里的表情看上去委实莫名其妙。

然后他们坐了车,来到一处熙熙攘攘的小街上。是艾把他带过来的,她对这个城市还算熟悉,毕竟在广州已经工作半年了。

一条街满满地塞着水果摊。于他而言,这些水果应该都是来自外星球,他大多不认识,认识的也长成他不熟悉的颜色和形状。那些摊主的语言也是火星语。

他面对一筐红毛丹——那是他第一次见到这种毛茸茸的水果——愣了一会儿,她说你们这些北方人第一次看到红毛丹的时候都是这种神秘的表情。

星罗棋布的水果摊之间居然还夹杂着刻章刻字的小摊儿。趁四下里无人,她怯怯地问那个人,办结婚证多少钱?对方立刻就伸出几根指头。成了,把照片交上去,说好第二天来取。

同这条小街相交叉的是一条光鲜繁华的大街,多年以后许多城市都会有这样的地方,叫步行街,是女人和孩子们的天堂。

他还清楚记得他和她在冷饮店里吃冰激凌的情景,华芙蛋筒握在手里暖洋洋的,但又有华而不实的感觉。到了傍晚,她又请他吃饭。显然她觉得她欠他什么——用了他的肖像?不值一提,他看了那张照片——那样子实在乏善可陈,更是离一个新郎的表情相去甚远。他帮这个忙,也算自告奋勇了。

他第二天就要回去,她给他买了一堆红毛丹。拿到手先剥了几个,酸溜溜的不知是什么滋味。

艾看着他的吃相,笑起来。他把几个红毛丹往她面前推,她像捏毛毛虫似的把它们捏起来扔回塑料袋里。

8

至今他也不知道那条小街是在什么地方,自然属于那个叫广州的城市。但说它在外星球也可以。

他草草收拾了行李,数了数身上的钞票,决定坐飞机回家。做完这个决定,他就坐在床上发愣。这时王明又在抱着电话和那个女人聊个没完,他有点儿烦他了。

下楼,在大堂的小卖部里买了烟和打火机,点烟。

然后他看见她也下了楼。

他们沿着招待所门口的小街向北走,不过数百米,居然就是珠江了。江边的店铺和路灯都把灯光扔进江水里,把好端端一个夜晚弄得虚无缥缈起来。在江边慢慢走,一时间似乎也找不到什么话说。

最后是他先开了口,问她今后打算怎么办。

"过两个月再来试试,还能怎么办。"

"你不想换个学校,弄份全额奖学金什么的?"

"怎么会有这么好运!"

"怎么会有……",这是艾特有的句式。她的确有点消极,但他也绝不是积极的人。他不放弃努力,是因为固执,他又何尝不容易感到绝望。

9

她是半年前来广州的,之前在昆明的一家旅行社工作,一边上班,一边准备英语考试,联系美国的大学,做出国梦。来广州以后呢,在一个朋友的公司里帮忙,做翻译。一年前她男朋友喜欢上了另一个女人——她的闺蜜,"这个女人"从初中开始就是她的密友。"这是狗血电视剧里常有的情节,"她说。

她说最大的不幸,莫过于连不幸都没有创意,在别人跌倒过得坑里再次跌倒。

男朋友是大学同校同级的同学,大学毕业以后才在一起,后来闹过一次分手,一分手就是好几年。再后来又和好了,都要结婚了,没想到又出了这事。

她说当她发现他跟那个女的好上了,眼前一黑,见不到一点儿亮光,等自己爬出来,就变成一只圆鼓鼓的炸弹。

他说事情也许并不像你想的那么严重——他想安慰她。

"你最好不要让我鄙视你——他和那个女的单独去约会,两人都和我撒谎,各自说去见客户了,这算严重还是不严重?"

他沉默一会儿,说这种事有时候是会发生的。

"这不公平!"

他就没什么好说的了。

然后她说她要去找个庙,烧柱香,求菩萨保佑她两个月后签证过关。

他说别傻了,都几点了,哪座庙深更半夜还开门。

不行,她说就是砸也要把门砸开。她说这话的时候气鼓鼓的,竟然让他真的联想到一枚核弹。

华林寺被一群玉器商店簇拥在中间,寺门当然是紧闭的。玉石店铺们倒还热闹地开着。

大殿是进不去了,她也决没有砸门的勇气。于是就站到"念佛成佛"四个字前头,合十念念有词。

"你也过来拜一拜。"

"我一无所求。"

"签证的事你就要求。"

"不求。"

"求一下,将来找个好女朋友。"

他走到那个佛字前,闭了眼默想一秒钟。半夜里拜佛就像挂急诊,佛祖的大耳朵上该挂个听诊器才对——跑到他脑膜里的就是这种乱七八糟的念头。

她说她三十了,不是二十八。

他说他知道。

小说篇

077

她说她原来发誓要在三十岁之前把自己嫁掉。
"你这个愿望也算实现了。"他说。

10

他回到 N 城的第二个月,她给他寄来一封信,写了一些不必要的感谢的话,还附上了好几张越南钱币留作纪念。她说她带团去越南了,"越南没什么好看的,钱也很不值钱。"

他也给她回了信,问她越南钱币上的老头是胡志明吧,早秋去越南会不会很热?

那时候大家还在用书信联系,现在回想起来,都有点不可思议了。

11

她叫卢汐。在那个公司里,她是唯一一个知道他准备去签证的人。那时他认识她已经一年了。

他不认识她是不可能的,在公司里,她和他之间,只隔着一层毛玻璃。得亏有一块含糊的玻璃,否则他们就不得不天天大眼瞪小眼。

她有一双大眼。

她还用一种气味特别的香水,淡淡的狐臭味的。

为了搞清那气味是香水还是狐臭,他曾经放纵了自己的好奇心,趁她下班的时候,他经过她的桌子,拿过那个比手指还细的瓶子,用指甲抠开盖子,就闻到了最浓重的狐臭味儿。

第二天她把他拉到露台上,孜孜不倦地骂了他一顿。是真该骂,昨晚他打开了所罗门的瓶子又没有盖严实,让魔鬼跑了一屋子。

"对不起,卢汐。"

"叫我 Lucy！"

可她怎么知道就是他干的呢？
"除了你，还会有谁？"
有些人，聪明得没道理。
她毕业于 ZJ 大学，她觉得她在这里太委屈了。
香水事件之后第三天，她既往不咎，找他一起去吃午饭。她说她想出国，她说她看到他桌上的《GRE 词汇》，就觉得和他和她是同路人。他看她那双大眼忽闪忽闪的蛮好看，就没来得及否认。

再后来，他收到了来自美国的大学的一封又一封拒绝信，在他几乎要放弃的时候，忽然飞来一封接受函，半额奖学金，一所在亚利桑那沙漠里的大学。

她找他借 GRE 资料，托福资料。他帮她，也有几分是自告奋勇。

他去签证前，她还请他喝过咖啡。那时候，还没有星巴克，咖啡馆的名字都起得规规矩矩，他不记得那个咖啡馆的名字，却记得音乐，肯尼基，《回家》。萨克斯悠扬，天空也晴朗，他们都还年轻，就因为这一曲《回家》，不论将来发生什么，他觉得都应该感谢她。

12

然后他去上海签证，去广州碰运气，最后站到那个佛字前面，被艾撺掇着许了一个愿。

然后坐飞机回家。

在机场过安检之前，他回头朝远处的艾招了招手。她也很平静地朝他挥手。

后来她说，她以前以为送人去机场，就像电影里的镜头，可以目送飞机起飞远去。"可是现实却是,人们在犄角旮旯里木然地挥挥手就算告别了。"

那些越南钱币,现在他已不知道在哪儿了。

收到越南钱币之后又过了几个月,他打电话给她,她说她刚带了旅游团从西安回来。

"你知道吗,我在净业寺里给你求了一签呢。"她说。

"神意如何?"

"你的命比我好。"

他在信里和她谈天说地,最近读了什么书啊,看了什么电影,二十多岁的人的幻想和热血,在文字里遮掩不住。她呢,回的文字不长,淡淡的,悠悠的,有几分枯燥。他那时候并不知道,那就是她那个年龄的女人必然的样子。他因为她的这种平淡,笔下也就慢慢疏懒起来。

卢汐有时候请他出去喝咖啡,他也反过来请她。渐渐地,她那爱调侃的一面暴露无遗。

"你都已婚男人了,还敢出来请妹妹喝咖啡!"她做个要给谁打电话的姿势,"我告诉姐姐去!"那个时候渣男这个词还没有被创造出来,否则她一定会把它安排在句子的某个地方。

"吓死我了。"他说。

他心头还真是跑过一阵惶恐。

"你们——嗯——圆了吗?你懂的——"

他就把咖啡端起来,作势要泼到她脸上。

她双手捂脸,装出要哭的样子。

后来她真的哭出来了。她说他怎么可以那么无情——"他"指的是她的男朋友。

毕业后这一年多里,她锲而不舍地逼男朋友来 N 城工作,现在,终于把他逼急了。他说你要是不来深圳,还不如分手。

"小傅松胆敢这样跟我说话!"

于是他知道她的男朋友叫傅松,大学里的同班同学。

他劝她,说那人并不是在跟你闹分手,"还不如",你看得出来,这是一种修辞方式。

后来她和傅松分分合合地吵了好一阵子。

只要她有一阵子不找他去喝咖啡,他就知道她和"小傅松"又和好了。

13

转眼又是一年。第二年再去广州签证,依旧是夏天。

他把与去年近乎相同的一堆材料推到签证官眼皮底下,同时暗下决心:这是最后一次了。

他觉得自由心证是天底下最屈辱的事情。

"把自己的命运交在另一个人的手里漫不经心地握着,还不是你自己找的"——这样想着,却看到对方把一个绿色的牌子推了出来。

Congratulations,签证官说。

那一瞬间就把他的人生转到了另一个轨道上。(多年以后,他想起那个瞬间,依然觉得不可思议——一个美国官僚可以随心所欲改变一个人的一生。)

他朝 H 省驻广州办事处招待所走回去的时候,对这个世界的真实性多多少少产生了怀疑。

尤其是他在大堂里碰到了王明。

王明居然还住在原来的房间里。

"小魏又来啦!"他还记得他。

"久违了王经理!"

"还想去美国？！"

"……"

"这回该签过去了吧。"

"差不多。"

"恭喜恭喜，去美国挣大钱！"

他说他是去念书的。

"念完了书挣美国人的大钱！"

他看到一个姑娘朝王明走过来，挽了王明的胳膊。王明朝他挥了挥手，喊一声"回头请你吃饭"，就消失在门外的强光里。

他给艾打电话，她说她在深圳工作了，依然是旅游公司。听到他签证成功的消息，她的反应是平淡的。

她邀他来深圳，他当然要去。等他第三天从领馆拿回护照签证，立刻就退了房。他没有忘了和王明打个招呼，还收了王明的烫金名片。

那时候进深圳是需要办手续的，需要本人居住地公安机关的证明，难度上不亚于出国。但是手里有了护照和美国签证，就可以直接进圳而不用再办其他手续。因为一张签证，仿佛上升了一个等级，连自由都升值了。于是想起那个站在防弹玻璃后面的美国领事，再次惊愕于一个凡人怎么会被赋予了那么大的自由度。于是他对某些东西的信念慢慢坍塌了。

在深圳的民俗文化村里，艾一边接着来自四面八方的电话，一边带着他逛了一个又一个"村寨"。全中国能歌善舞的民族似乎都向那里派驻了代表。当然他不知道这些载歌载舞的男女是真是假，也许下了班以后和他一样在 KTV 里泡着呢。他们也会像他们的同龄人一样喜欢梁朝伟或者周润发。

也许毛宁也未可知。

那天晚上她指着钱包里的那张照片说,你看,这就是他,姓汪,汪精卫的汪。她说他在上大学里的时候喜欢他的人可多了。

她说他追她的第一天她就想答应,"但是一拖就是三年,三年以后大学已经毕业了。"

她说他在大二追她的时候,她一下变得非常恐惧,觉得终究有一天他会像追她一样去追别人,那种恐惧就是赶不走。

那个汪长的确实很帅。

14

第二天早上,她买了一筐荔枝,把他和荔枝都送到深圳机场。他抱着荔枝往安检口走过去的时候回头看了看她,她就冲他露出一个漂亮的微笑。

她在后来的信里说,她原以为可以看着他坐的飞机升空,"就像电影里那样,"其实根本不是那样,"你闪身进到那个窄门里,就好像投案自首了。"

收到这封信的时候,他已经在美国。

他不知道为什么她把"投案自首"这个词用到了这里。

他回信给她,说他的大学在一个寂寞的小镇上,离最近的大城市开车也有三个小时。

她说她也想找个小镇呆一辈子。

他说那种寂寞像大理石一样坚硬。

在将近一年的时间里,他们就这样有一搭没一搭地联系着。

15

卢汐说她并不想来这么偏僻的小镇,但是真是活见鬼,她只被这所大学录取。

并不是活见鬼。他去见了她申请的学院的教授,把她的能力大大地夸张了。

有一阵子,卢汐就住在他隔壁,周末的时候一起做饭。在华人同学的眼里,他们的关系不清不楚的。她隔三差五地给"小傅松"打电话,催他赶紧把GRE考完。

16

很多年后,他再次见到艾的时候,她告诉他,有一次她给在美国的他打过一个电话,他这一头是个女孩子接的。她在电话里问那个女孩是谁,而对方问她是谁。她问那个女孩是魏的什么人,那个女孩说这关你什么事。

她说这是她给他打的唯一一次电话。

他说那个女孩叫卢汐,卢汐并没有把这件事告诉他。他说如果你不说,他可能永远都不知道还有这件事发生过。

沉默了一会儿,她问:卢汐后来怎样了?

他说不知道,她的男朋友也来了美国,也许比翼双飞着吧。

其实他还是知道一些的,那时候卢汐已经硕士毕业,进了一家叫ABB的公司,贷款买了一幢别墅。

有些消息即使你不想知道,它们也会乘着翅膀飞过来。

他记得,在那个小镇上,有几次晚上,卢汐说,要是我们耐不住寂寞,做了对不起我男朋友的事情,他会不会原谅我?他说他觉得不会吧。

17

后来他离开那个小镇,转学去了南加利福尼亚,去读社会学博士。加州四季如春,许多流浪汉一只睡袋和一只乞讨的杯子就可度日。

有一阵子，夏天放暑假的时候，他也买了一只睡袋，混迹于流浪汉当中，借口当然是做研究。

到了秋天，他就没有回学校去上学。他跟教授请了假，声称自己要回国呆半年，实际上并没有离开加利福尼亚，而是沿着一号公路向北流浪。

那是2000年的时候。加州海边的温度永远温和，在那里你会忘掉夏天和冬天的滋味。只是沿途如果站在崖上看波涛汹涌的太平洋，又会觉得这个世界其实还是很凶险的。

18

他呆得最多的那座小城市叫伯克利，离旧金山不远。城里有个公园叫人民公园，这个名字经常让他以为自己回到了上海，尤其是半夜在睡袋里做梦的时候。十年前他也在上海的人民公园露宿过。他觉得两种露宿差不多应该有一点点因果关系。

在伯克利的人民公园，他是晚上睡在那里的唯一的亚洲人，所以他们都叫他"那个亚洲人，"或者"那个 Chinese."他不抽大麻，他觉得，当个流浪汉抽大麻，就像读个书还要拿学位一样，是非常不正确的事情。

他那时候就是这么想的。

19

有个也是常住人民公园的家伙有一把好嗓子。每天早上天一亮，他就像要登台献艺的帕瓦罗蒂，清嗓子吼几句：When you are alone and life is making you lonely, you can always go DOWN TOWN! DO WN TOWN! DOWN TOWN!

他给这伙计鼓掌，对方就说：If they didn't tell me I'm

annoying, I could be louder!

等到这伙计知道他是中国人,就吵吵着要学中文,"I like Chinese from the bottom of my heart!"

于是他就把那首 Downtown 翻译成中文给他。当然他翻译的是戏谑版:当你是条单身汉,当你孤独没事干,那你就去逛逛,逛逛,逛商场。当你心神不宁瞎操心,你需要摩肩接踵吵吵闹闹熙熙攘攘,你需要去逛逛,去逛逛,去逛逛……

如果是现在,我会把"单身汉"翻译成"单身狗"。

这伙计最终只学会了那句"去逛逛,逛逛,逛商场。"

其实这伙计已经五六年都没进过商场了,他乞讨的位置倒是离一个小超市不远,每天雷打不动地在那里从早上十点坐到下午五点。他的那个搪瓷缸上印着切格瓦拉的头像,据他说那是他的一个朋友从中国带过来的。

自从这伙计学会了几句中文,早上起来有时候就这么唱:When you are alone and life is making you lonely, you can always 去逛逛,逛逛,逛商场!

这伙计叫罗姆尼,但肯定不是后来竞选总统的那个罗姆尼。

20

2000 年秋天,决定南下洛杉矶的罗姆尼把一台旧电脑扔给了他,他就好奇地上了网,看看自己的电子邮箱里有没有谁还在和他联系。

其实也没什么人,多数都是一些信用卡公司的广告。当然那种"Hi, I have contacted you for a long time."的诈骗邮件是一封都不会少的。那个发邮件的人总想跟你分享一大笔某人的遗产。

他看到艾在大半年前给他发过一个电子邮件,说她办了来美国的旅游签证,春节会带个团来加州。"终于得到了你们美利坚的签证。"她说她并没有敢把"我们的结婚证"拿给签证官,"毕竟仍然是一枚良民。"

他给她回了电子邮件,问她旅行是否愉快。

她第二天就回了邮件,说她已经来过加州了,印象很好,尤其是一号公路,"美得非常不现实。"

他就告诉她,他夏天的时候沿着一号公路流浪到了洛杉矶,然后又流回了三藩附近。

她说她年底还会来加州,不知道他需要她带点什么过来。

他说什么都不需要。

21

她说她是来生孩子的,生一个美国孩子。她说2000年春节的时候她和前男友又在一起了,怀了孕,她以为就此可以把他从那个"坏女人"手里夺回来,可是事情并没有朝着她希望的方向发展。

"可是复仇的滋味真好!"她说。

她说她是一个信佛的人,这么说话真是不应该。"但是我难道不是最倒霉的那个人吗?"

他想说他不知道她给那个人生个孩子怎么能算复仇,但突然觉得自己对于这个世界还是一无所知,就转而说:"这是我见过的最美好的复仇了。"

她就在电话那头沉默了十几秒中,然后大哭起来。她说你居然还说美好,哪里美好了,你们男人没一个好人。

他不知道是该安慰她,还是该静静地听着,于是就静静地听着。

等她哭完了,就说,这是哭的最贵的一次了,就电话费而言,下次我到加州的时候把电话费还给你。她说你居无定所,好歹也买个手机,我可以打电话给你。

他于是找到了一个买电话的理由。

22

那次他在南加州的一个小城见她的时候,她说她最近老是做梦。在梦里,有个人从后面紧紧追赶她,她拼命逃窜,一直逃到大海边的悬崖上。就在走投无路的时候,奋身向前一跃,就飞了起来,悬到半空中。这突然的飞翔又把她吓了一大跳,然后拼命扇动两只手臂,居然也就没掉下海里。

他说显然因为这几天她做飞机太过频繁了而已。

她又说,在另一个梦里,她被关进了一间打不开门的屋子。她不知道从哪儿找到一把梯子,举着它来到阳台上,想从阳台上放梯子下楼——可惜梯子短了一截。她想把梯子抽回来从长计议,却突然失手让它掉到了楼下。"那会儿真是绝望透了!"

她说你瞪着我在想什么呢?这个梦你也找不到头绪了吧。

他说是啊是啊,你的梦怎么可以如此无厘头。

她说那种飞起来的梦,其实以前在上学的时候经常做,后来工作久了就不做了。她说她以前经常梦见自己从一棵树飞到另一棵树,后来是从一座大厦飞到另一座大厦。只要她奋力扑动自己的双手,就不会掉下来。有时也会突然飞着飞着掉下来,但在落到地面前的一瞬间,就会拔地而起。

他说其实他以前也经常做噩梦,被追赶,拼命逃窜,在上学的时候经常做,但是出去流浪以后,就不再做了。

她说那真好,等我把孩子养到三岁,就跟你一起去流浪。

他说拖着孩子流浪,在这里应该是不可以的吧。

她说怎么不可以,这里不是美国吗?

"welcome to America ! This country would give you a lot of big surprise."

23

在夜里，在人民公园，他最喜欢安静地躺着看天上星星。伯克利是个小城市，到了晚上四下里灯光暗淡，所以抬头总还是能看到几颗星星。不像在大城市，建筑被灿烂的灯火包围，头顶上反倒漆黑如锅盖。伯克利就靠着海湾，有时候他能闻到从水面上飘来的腥味，或者听到涛声——但他并不能确定这声音真的来自海上。他一直认为，海水的那种腥味，是从活的海洋生物身体或尸体上发出来的，所以大海就像一碗搁久了的肉汤。那么在没有海洋生物的遥远过去，海边的空气一定清新可人。他觉得这想法还是很有道理的，也懒得去查资料核实。

白天他偶然会走到栈桥上去，那是一串伸到水面上的木头架子。他沿着栈桥慢慢地往前走，看落在桥上争抢面包的海鸥。如果一直走到栈桥尽头。在栈桥尽头就隐约能够看到金门大桥。不过在他和金门大桥之间隔着浩瀚的海水。但是他早就知道，金门大桥不是金色的。

他不知道一路朝着海湾延伸出去的木头栈桥起什么作用，他并不相信它只是一道风景，让人们能够走到海湾中央去欣赏美景。但似乎除了当成一道风景，并不能看到它有什么其他的功能可言。

假如这栈桥一直修下去，人们就可以步行到旧金山。然而这似乎也没有什么必要。

24

孩子是2001年2月出生的，差几天就是情人节。她说要是能在情人节生孩子该多好。

他就有点残忍地说，其实最好生在国庆节，那一天晚上总有人免费给孩子放烟火，这孩子大概一辈子都会受宠若惊。

她说你流浪以后变得有点刻薄了。

是吗？那你下一次努力，把孩子生在马槽里。

她说你胡说八道，你倒是可以争取死在马槽里。

她3月带着孩子回中国，把孩子养得白白胖胖的——那时候电子邮件也可以附上照片了。在照片里孩子像被吹了气似的，越来越饱满。

婴儿这种几天一变的小东西他以前从来都没有认真关注过，现在看着他的照片就觉得就像看魔术一样。

到了秋天，她就带了个团从深圳来纽约一周深度游。这几年她经常带这种旅游团，也算熟门熟路。

"孩子让我妈带着，都快七个月了，我就离开一个星期，应该没什么问题吧——毕竟我还得赚钱啊，美利坚合众国又不会管他。"

所以911那天她出现在双子座上。她说在那个男人还是他男朋友的时候，她就梦想过在双子座的楼顶上拍个婚纱照，"但现实是残酷的，现实是，我和你在广州的地摊上拍了个结婚照。"她把"结婚"两个字发得重重的。

25

911之后他就不再流浪了，去一个中餐馆里打工。一开始是端盘子，后来当了厨师的助手，再后来就当了厨师。他把艾的孩子接了过来。那时孩子已经三岁了。

在孩子的出生证的"父亲"一栏上，正儿八经地写着他的名字。那是他的主意。当年孩子生下来的时候，他对她说，他觉得作为流浪汉，那是他在这个世界上还能起到的最后一点作用了。

26

除了他在人民公园那阵子，王明一直没和他断了联系。王明偶尔打个电话给他聊上几句，大概一年会有那么一两次。这大约就是生意人的生存之道，本来八竿子打不着，不管有用没用，保持着联系，说不定哪天就派上用场。

王明的女儿来美国读初中之前，王明给他发了电子邮件，告诉他这孩子简直就是一匹脱缰野马，说希望美国人能把她管住了。王明倒也没让他帮什么忙，只是让他有空的时候跟孩子联系联系，告诉孩子读大学是什么感觉。"女孩子嘛！"王明说，"还是读读书做个老师嫁个人。"他不是听不出王明那隐隐的对读书人的轻蔑，但这真的无所谓。

转眼到了2016年，王明的女儿Rachel已经29岁了，在加州的一家计算机公司工作，依然单身一人。王明抱持传统，对女儿的不婚主义非常头痛。Rachel对婚姻深恶痛绝，不明白都已经离婚了的父母居然联合起来向她施加压力。Rachel的母亲的态度比王明还要坚定，会用最恶毒的话刺激她，说她不结婚，将来恐怕死无葬身之地。Rachel依旧我行我素，朋友圈里发的都是各种吃喝玩乐，把她妈妈气得半死。

王明和那个在广州认识的女人似乎并没有结婚，但是他们也有一个女儿。那个女人在洛杉矶旁边的一个小城的Mall里开了一家中餐vendor，带着女儿生活。

王明希望他能帮他劝劝Rachel早点嫁掉，他觉得魏这个人看上去稳稳当当的，应该能把Rachel说服，最好能在大学里给这孩子找个合适的人。魏说自己现在开中餐馆，不在大学里，他这里体壮如牛的墨西哥偷渡客倒是不少，应该不会对大小姐的脾气。

王明说老弟你必须把这个事当个事办，你们餐馆里来打工的穷硕士穷博士总不会少，"Rachel上大学的时候还在中餐馆里打过工呢。"他觉得王明此话有点逻辑问题，不过听说 Rachel 也打过工，对这个女孩子多了几分好感，就尝试着给 Rachel 打了个电话过去。这孩子还记得他，说自从她上大学以后就没有再见过他，不知道叔叔老成什么样了。

气氛一下子不那么紧张了。

她给他拨了视频，听了他辗转给她的父亲的指命，就哈哈笑着说，您给我找一个墨西哥大叔怎么样？他说墨西哥来的小伙子也不少，有时候帅得相当变态。

哈哈哈。

27

在 Rachel 十几岁的时候、来美国以前，王明曾开着车，载着她和"那个广州女人"一起从郑州回乡下老家。先是王明载着 Rachel 去机场接"那个广州女人"。他们在出口接到了打扮的花枝招展的女人，就一起默默地走到停车场。

她径直打开那辆黑色的奥迪副驾驶的门钻了进去——搭爸爸的车，她总要坐在这个位置，她爸爸也乐意她坐在那里。但是那一次，王明叫她做到后面去，让"那个广州女人"坐进来。

"我非常生气！"她后来对魏说。

那时候她爸爸和她妈妈还没有离婚。王明带这么个女人回老家，让 Rachel 觉得很丢人。

"但他似乎很荣耀似的，在乡亲们诧异的目光面前好像很有面子。真不知道他脑子怎么想的。"说这个话的时候 Rachel 已经 30 岁了。

这个世界上的人们对于羞耻有着非常不同的感受。他以前多少觉得端盘子就点可耻，可是现在觉得再没有什么工作比端盘子更有尊严了。如今反倒觉得在一间办公室里吹着空调码字有几分可耻。

Rachel 说你跟我说的事情完全不在一个频道上。她说她的咨询师就很懂她。

是嘛。

她说她和王明（她现在就是这样对她爸爸直呼其名）把那个女人接到老家去的那天晚上，她被安排和"那个女人"住一间屋子，但是半夜"那个女人"就偷偷溜出去，凌晨的时候才回来。"那个女人"无论怎么敲门她就是不开——她把门锁上了——那可是非常寒冷的腊月。"那个广州女人"其实也不敢大声拍门。后来她就听到父亲低声叫她，她却铁了心不开门。结果父亲把门撬开了。"真该冻死那一对狗男女。"

她说"那个女人"第二天就咳嗽的一塌糊涂，后来据说得了肺炎。"哈哈哈哈，她怎么没死掉呢……"

28

Rachel 说她就是喜欢那种被一堆女人追得鸡飞狗跳的男人，"把这种男人追到手，然后坚决甩掉，是最开心的事了。"

Rachel 说，让她有感觉的，都是那种有点浪的男人。"也就是王明那种类型。"她说。

她看着他说：那些老实巴交的男孩，她就是没感觉。

她说王明那种男人，最后当然必须甩掉，"这点儿觉悟我还是有的。"

Rachel 在情场上的巅峰之作，是找了一个已婚男人，在那个人离了婚之后，坚决地抛弃了他。

她说，既然他可以抛弃原配，也当然可以抛弃她。

后来，有一阵子，她的 QQ 签名上写的是："Rachel, the Touch Stone."

她一直都在用 QQ 和国内的亲戚朋友保持着联系，中文世界的那些时髦的词汇，她比我清楚。

29

他是在 2009 年，他四十岁那年开的中餐馆，在加州靠近内华达的一个小镇上。

孩子上小学，成绩优秀，喜欢打篮球，人缘也挺好。他像所有的华人家长一样，送孩子去学琴，去学画画。孩子非常讨厌任何一种琴，为此他们没少吵架。有时候孩子把琴拉得像遭到歹徒抢劫一样，气得他有打人的冲动。他觉得这样下去怕是要出事，只好妥协。

2010 年秋天，他把孩子的小提琴练习曲光盘从抽屉里拿出来，准备送给一个朋友的孩子用。他对孩子说，你最后伴着光盘拉一曲，然后连琴带光盘都送人了，"The game is over."

孩子欢呼雀跃，就像国庆节看到满天烟花那样。

音响里缓缓飘出那首《G 弦上的咏叹调》。孩子在琴弦上胡乱地划，听上去上气不接下气。真是勉为其难。

一曲终了，趁着他看着墙走神那会儿，孩子就溜出了房间。

墙上有一张她的照片——除了结婚证上那张，那是他拥有的她的唯一一张照片了。在照片里，艾的头发盘在头顶，是乌黑的一团。有一缕顺着左侧的面颊逶迤垂下——这让他联想起榕树。脸右侧应该还有一缕，大约因为藏在耳后，正面就看不到了。额上乌黑的刘海遮住了右眉，发梢微微地有些发黄——那是傍晚时分，她站在阳台上照的，所以那种黄色也是黄昏的颜色。她穿的是连衣裙，白底上大团大团的蓝月季——她曾经告诉过他，蓝色的月季是很少见的，确切地说，世界上根本没有这种颜色的月季。那时候他并不相信。

那这是她二十岁时的一张照片。在照片里，她的胳膊光溜溜的，脖子也这样，还露着一部分胸。乳房间浅浅的沟也能隐约看到。那时她的皮肤，是那种傲然的娇嫩的颜色。他见到她的时候，已经有些暗淡了。后来在她怀孕生孩子的那阵子，皮肤重又变得娇艳夺目。

大约二十五岁以后，她天天带着这张照片，塞在钱包里。

第一次看到这张照片时，他说她现在也很美，成熟的美。可她怕听"成熟"二字。

那照片的背景是阳台、一小片天空和一株椰子树。树的颜色浓重，但并不怎么清晰，躲在左上方的角落里，躲在焦距之外。

二十岁的艾就这样看着世界，看着与她结伴，来珠海旅游的闺蜜。或者谁也没有看，只是睁着乌溜溜的大眼，感到这个世界正凝视着她。那神情，是在微微地笑着。是眼睛微微睁大、嘴唇不察觉地弯曲的那种笑。

如果她能预料到将来发生的事情，她还能在那一瞬间，微微露出笑容吗？

十八岁的时候，她要摆脱那个古板的家，他的父亲和母亲，固执的、单调的、僵硬的小干部家庭。她说她读 *Death of a Salesman*，竟然有那么强烈的共鸣。所以去了另外一个城市读大学。在他出国前，他在广州见过他。为了便宜，他买的机票有厚厚的一沓：从南京、广州飞纽约，从纽约飞芝加哥，从芝加哥飞到那个小小的在浩瀚的玉米地里的大学城。她说，她好想也有一大本这样的机票，有一种满世界流浪的感觉。

后来他把她这张照片扫描进电脑，放大。放大到只有一张脸，放大到双眼之间显出浅色的一个痣。放大到只有那一双眼睛。那眼睛，便露出忧郁的神色。

龟兔简史

1

乌龟和兔子第一次赛跑的故事大家都不陌生：兔子由于骄于实力，糊涂输掉一场比赛，成为笑柄。

在乌龟和兔子居住的"快活林"社区，这消息也一度甚嚣尘上。龟兔赛事及相关新闻在《快活林日报》上连篇累牍刊登了两个多星期。这两周是兔子此生最为郁闷丢脸的日子。

不过，在快活林的居民看来，兔子的失败也算不上一件惊天动地的大事；两周之后，大家就准备把这事忘掉啦。可兔子却难以释怀——朝思暮想，追悔莫及，发誓要把"失掉的荣誉"再"夺回来。"

这不，还没到一周，兔子就来敲乌龟的家门了。

乌龟开了门，手里攥着两块黑乎乎的布片儿站在门口，满头都是汗，咻咻喘气。兔子刚要开口，忽听得里屋传来一声大吼："老龟，侬咋个叽个笨手脚，磨磨蹭蹭个，哝再不趁个太阳挂出去个，要等个啥个辰光！！"

——原来龟太太又生了一对龟宝贝，乌龟正在家屁颠屁颠地洗尿片子呢。

龟太太是 A 地出生、B 地长大，在 C 地念的书，说起话来南腔北调；但基本上以 C 语为主，因为 C 地的方言最为高贵。龟太太的三合一方言，这个那个咋个等个，听得兔子耳根子发痒，却不敢笑出声来，唔着嘴低声向乌龟道喜。这时龟太太抱着俩铜钱大的小龟，巴哒巴哒地从里屋晃出来了。

兔子又想笑，便提高声调，装得更加一本正经地跟乌龟谈赛跑的事儿。乌龟红着脸推托："兔——兔哥，赛——

跑,跑,自然还——还是你跑——跑得快,俺——俺那是侥——幸咧。况——况——况——且,俺忙——忙着呢,不——不必——必了!"

兔子煞是扫兴,可瞧瞧龟太太怀里两只哑奶哑得震天动地的小龟,又望望蔫不几儿的老龟,便不好意思多说,悻悻地走了。

2

转眼又是一个月,乌龟的孩子们也过了满月,兔子又来造访。这次是龟太太开的门。

人都说龟太太不是个省油的灯,这回兔子可算领教了。未等兔子张口,龟太太就唾沫星子四溅:"赛跑、赛跑!兔子!除了赛跑,侬就没啥子事好做啦?!侬家大兔都到娶媳妇的辰光了,侬不去赚钞票,成天赛跑赛跑格,侬不要太不务正业哟。吾家老大在哈德福留学,学费不要太高呦,现在又添两小鬼格,老鬼(龟太太把老公称"老鬼,"或"老死鬼。")成天介在"大硬"公司上班,做得不要太辛苦呦,赛跑赛跑……侬就没啥个事体好做了?!呸!……"

龟太太的话匣子一开就关不上,兔子招架不了,飞也似地跑掉了。平素兔子就听说龟太太数落起人来具体而微;现在这具体而微里又添了八分火气,直令兔子心惊肉跳。

兔子一路飞奔,经过"大硬"公司,一头撞倒了乌龟。兔子大喜,帮着四脚朝天的老鬼翻过来重新趴好,上气不接下气地说:"老鬼——龟,赛——跑——定个——日——日子——吧。"

老龟拍了拍后脑勺:"定——定什么日——子哪,嗝,现——现在就——就是啦,嗝,那边是快——快——快——活林小学,嗝,操——场——赛——赛——去啦！"（老龟说话有打嗝的毛病，每说一句话要打好几个嗝，据说是在 K 地念书时，因学说 K 地的新兴贵族语言落下的毛病，无药可治。）

"不成，定——定个日子吧，嗝，还找老鹅做裁判，老鸦发令，嗝，老鼠、老猫、老海狸子，嗝，老鼻涕虫……像上次那样，都——都得到场。嗝。"——兔子恨得直跺脚，每次跟乌龟说上几句话，都染上老龟的毛病，要回家练仨钟头的数来宝才能将嗓子眼里的"嗝——嗝"吐个干净。

"不——不麻烦他——他们啦，嗝，就——就今天啦，操——操场上赛——啦。嗝"

兔子是个急性子，见乌龟不肯明跑正赛，气得想把这乌龟一脚踢翻，便将一条腿偷偷地抬起来，却听见龟太太的三合一方言远远地朝他们扑将过来：

"老鬼！……赛跑赛跑！……侬就没啥……好做了！！"

乌龟见势不妙，赶忙对兔子说道："那——那——就——在八——八月十——五吧，狮子林——体育场，正——午——嗝——嗝。"眼见龟太太逼近，兔子自是一溜小跑，早早地闪了。

3

八月十五这天，狮子林体育场盛况空前。兔子把所有看过第一次龟兔赛跑的快活林居民统统拉到狮子林，每人发一份免费午餐；裁判、枪手、拉线等另有红包，自愿啦啦队成员也按个人喜好各有礼品，不再细表。

到了正午十二点，仍不见老龟来；发令的老鸦把炮药都已装好，两只灰斑鸠在终点叼着红线，的口水都滴了一地，跑道上兔子依旧孤身一人，弓腰撅屁股保持着起跑的姿势。

老鹅派了两只鹦鹉去找。半个钟头后回来报告："老龟不在家，老龟家没人，老龟不在快活林。"

听说老龟没了下落，大家立刻嘤嘤嗡嗡交头接耳，有性急的拎着午饭就要走。兔子见状，慌忙直起腰，冲看台上又是鞠躬又是保证，说老龟既然不在家不在快活林，显然在来路上呐，大家稍安勿躁。

于是大家又坐回去等，年轻的对午餐的质量和内容发着牢骚，说为了这么一顿破饭来看比赛分明是受罪；年老的对"稍安勿躁"这四个字愤愤不平，视为大不敬，在心里给兔子狠狠记了一笔。

老鸦把发令枪搁在腿上细细地擦。兔子又伏在起跑线上撅起屁股等。

"啪！"突然一声脆响，兔子双耳一竖，离弦箭似地冲了出去，直奔终点。

冲到终点，兔子才听到观众们的哄笑。原来老鸦擦枪走火，把黑尾巴都烧焦了。兔子羞得眼圈儿发青，观众们一哄而散。

比赛就这样不了了之。关于老龟的缺席，有好几个版本的说法。有的说是因为龟太太从中做梗，老龟又是出名的"气管炎"云云。而有的说，八月十五那天早上亲眼见到龟太太领着俩小子回娘家了，老龟根本就没跟着。有的干脆就说那天看见老龟在太平湖边钓鱼睡大觉哩。

总之，舆论对老龟似乎有些不利，但老龟始终没正式出面给个说法儿。众人每每问起，老龟就一拍脑门，把脑袋朝壳里缩一缩："嗨！忘——忘了！忘——忘了！嗝——嗝"

这场流产的比赛使快活林的居民分成了三派：有的很为兔子所感动，认为兔子是诚实守信的典范；有的佩服乌龟，说乌龟见好就收，不与人争一日之短长；而更多的居民对龟兔之争一笑置之，认为日子该怎么过还是怎么过，没完没了的竞技比赛有违体育精神，无助于提高快活林居民的身体素质云云。

4

对于乌龟的失信，兔子表示了极度的愤慨，打算向法院起诉，要乌龟来承担那场比赛流产的所有费用。状子递上去了，大家正等着看好戏，兔子却突然撤了诉，又弄得传言四起，说什么的都有。众多的说法中，老鸦的揣测似乎最有道理，有天老鸦在一家茶楼里对几个居民说："要是一场官司打下来，老龟这辈子还会跟兔子比赛吗？"大家立刻明白了，公认老鸦为快活林头号老奸巨滑。

可是兔子的以德报怨效果不彰。尽管兔子一而再地腆着脸邀请，老龟说什么也不肯答应比赛了，搞得兔子很是伤心，小脸儿也一天天瘦下去了。

转眼两年过去了，兔子和乌龟的生活都发生了重大变化。首先是乌龟的大儿子大龟从哈德福学成归来，在快活林成立了一家公司，老龟便从"大硬"公司辞了职（也有人说是给炒了鱿鱼）在儿子的公司里做。兔子则创立了一个短中长跑协会，专门组织各种比赛，同时也把自己给组织进去；另外成立了一个短中长跑研究所，专门研究为什么兔子总能战胜乌龟的问题。

这里要把兔子的协会和研究所的成就报道一下。XXX1年度，短中长跑协会组织了一次盛大的"奥林匹克"运动会，来参加的有来自一百二十个林子的跑坛高手。兔子参加了二十个项目中的九项，共获金牌九枚，高居金牌总数第一。那场运动会最值得一提的是：在最后一天，安排了一个兔子和乌龟赛跑的项目。

早在申办之前，短中长跑协会就已经放出风去，说一旦申办成功，就把龟兔赛跑纳入正式比赛项目，使之成为奥林匹克的"一道亮丽的风景。"记者们于是频频采访乌龟,问他是否会"捡起那把手套,"一律得到乌龟干脆的回答:"俺——俺又不是捡——垃——垃——垃圾的。嗝——嗝。"这句话上了报立刻遭到快活林工会的诘难,声称这是对环保业工人的赤裸裸的歧视,尤其是那两个"嗝嗝,"充满了对普通群众的轻蔑……乌龟只好强忍着"嗝嗝"公开道歉,说他的原话是"俺又不是捡兔子的垃圾的,"说记者们断章取义,把他冤枉了。结果又招来记者协会的穷追猛打,乌龟便不敢再随便说话。

短中长跑协会果然如愿以偿,获得主办第 XX 届"奥林匹克"的权力,一次奥运史上最为盛大的运动会便紧锣密鼓地筹备起来了。在经过一番精心策划后,一个多设短中跑,少设长跑的奥赛方案出炉了。此外,兔子还以短中长跑协会会长及筹委会委员长的身份,力排众议,单设了一个只有乌龟和兔子两位选手参加的项目——龟兔赛跑,又叫"龟兔世纪赛跑。"

龟兔赛跑是"奥林匹克"运动会的最后一天的最后一个项目,是一场压轴赛。兔子相信乌龟一定会出现在世纪赛跑的跑道上——这事儿全世界都盯着呐,他老龟胆敢不来?

但是直到发令枪开火前的一秒钟,乌龟还是没影儿,兔子有点沉不住气了。

趁大家等老龟的当儿,不妨把龟、兔家族的成员简单介绍一下,因为在下面的叙述中,各位成员将频繁出场,还是先介绍一下为好。

乌龟:又被龟太太叫做"老鬼"或"老死鬼,"被快活林居民尊称为"老龟。"

大龟:乌龟的大儿子,博士,哈德福留学归来。

二龟和小龟:乌龟的一对双胞胎儿子,为第一次龟兔赛跑后所生。

兔子：跟乌龟赛跑的那位。鳏夫。

大兔：兔子的大儿子，短中长跑研究所副所长。

二兔：兔子的小儿子，短中长跑协会副会长。

以上是龟、兔家族所有男性成员，其他妇孺与本文无关，就不一一介绍。

老龟没来。

"啪！"发令枪响了。这次可不是走火——"奥林匹克"是大赛，到点枪响，铁管无私——兔子又是一阵狂奔，拿到了他的第九块金牌。

接下来的XXX2年度，短中长跑协会组织的各种赛事多如牛毛。兔子取得了一次又一次的胜利。在众多的胜利中，要数兔子出访非洲，战胜一只羚羊的事迹最为辉煌。这事迹在快活林广为流传，几乎成为佳话，然而不久便冒出许多传闻，说那只非洲羚羊其实是一只病羊，亦有说是一只老羊的，还有说又老又病的，不一而足。兔子赶忙调动短中长跑研究所的资源进行追踪调查，发现所有的传闻最初似乎都来自乌龟家族。

兔子派自己的大儿子，也就是短中长跑研究所副所长大兔去大龟的公司交涉。大龟客客气气地接待了大兔，并且郑重其事地说："经本公司调查，令尊与病羊赛跑的事，是个'私侃多。'"

大兔回去跟兔子一交代，兔子红了眼圈，说："到底是海龟啊，留了洋，跟他爹那土鳖就不一样！不是吗，私侃多！都是私下的胡侃！我兔子哪会跟病羊赛跑呢。哧——"

5

后来兔子弄明白"私侃多"就是"SCANDAL"，恨不能扇自己二十个大耳刮子。更要命的是，大龟的网络公司主页上又登出一则报道：兔子XXX2年度与一只生了病的非洲羚羊赛跑，成为该年度体育界第一大丑闻。兔子上网看了，气得七窍生烟，马上砸烂鼠标，围着快活林连续蹦跳了五十圈才平静下来。

不过兔子的短中长跑研究所也没闲着，马上也建起了一个网站，在首页上宣布：大龟的"海狼"公司XXX3年度的关于兔羊赛跑的报道严重弯曲真相，是"形象谋杀，"并评选该报道为XXX3年度"新闻界第一大丑闻。"另一方面，短中长跑研究所推出了大兔的最新研究成果，付梓成书，书名叫《为什么乌龟追不上兔子》。在书的扉页上有兔子的题言：

这本书，以翔实的资料，棉密的逻辑，无可辩驳地证明了，乌龟在第一次龟兔赛跑中，是根本不可能后来居上，超过兔子的。正如犬子大兔所论，乌龟要想追上我，必先完成龟兔之间距离的一半。而当乌龟走完这一半的距离时，在新的起点上，等着他的将还是龟兔距离之一半去完成。以此类推，既然始终有"一半的一半的一半……"等着他去完成，乌龟只能无限接近，却永远不能到达兔子。因此，乌龟曾经超过兔子的说法完全是个"SCANDAL！"

该书一上市，立马洛阳纸贵，两三天便脱销，兔子家族在众生面前可谓扬眉吐气。

孰料不到一个月，大龟的一本《为什么兔子追不上乌龟》也出版了。该书也热销一时，在排行榜上朝大兔一路追了过去，最后跃居其上。该书共一百页，七万字，主要由两部分组成：第一部分"海外游踪、海外求学，"介绍一个乌龟的儿子怎样战胜自卑，龟勉苦读，创造了三年拿下五个博士学位的"哈德福神话"。

第二部分只有一页，证明在起跑时只要乌龟领先半步，兔子就永远不能赶上，否则就违反"逻辑学第一定律。"书上说：兔子每花一段时间跑到乌龟曾经经过的地方，乌龟就已经在这个时段里又前进了一些，到达一个新的地点。因此，兔子充其量只能无限接近乌龟，却不能赶上他老人家。在这一页里大龟还特别指出：乌龟的起跑，显然是比兔子快的，有他在海外的留学经历为证。

关于大龟的这本书，大兔专门著文，登在《快活林日报》上，斥之为"悖论""谬论"，另外还含沙射影地提出了一个"精卫填海难题："

海滩有土坷垃一团，精卫日取其半，填之于海，万世不满。

大兔指出，这个难题说明：方法不当，能力不足，虽有不懈努力，天天忙活，终究空折腾一场。所以，一百粒土坷垃，合在一处大不过一块土坷垃；一百个博士，合在一处还不如半个硕士；圣人说过，走得越远，知道的就越少。

大龟在报上读到大兔的这篇文章，当然咽不下这口气，马上愤笔，也给《快活林日报》写了一篇文章，抛出了个"霸王难题"说：西楚霸王百战百胜，到了还是一败涂地，四面楚歌。这证明积小胜并不能成大胜，一百场胜利加起来，等于全部的失败。

大兔在英花大学的一次讲演中，对这个影射他爹的"所谓的霸王难题"极尽嘲讽，说大龟简直白痴一个，根本就不懂什么叫难题；还说大龟的智商每况愈下，这才是个大难题。在学生们的哄堂大笑中，大兔兴致盎然地嚷道："这霸王难题，不如称作'王八难题！'——叫'难王八题'更妙！"

此言一出，大兔就后了悔，但说出去的话如同泼出去的水，收不回来了。从此龟兔之争由论战和诡辩再朝下滑坡，进入互赠老拳的阶段。

6

这个新阶段的标志是短中长跑协会的副会长二兔先生和二龟、小龟两双胞胎的一场演变成全武行的长跑比赛。

其实早在第一次龟兔赛跑之后,老龟就定下了一个严格的家规:禁止任何龟家族成员与兔子赛跑。

但是二龟、小龟血气方刚,又受到第一次龟兔赛跑的鼓舞,便摩拳擦掌,暗度陈仓,跟兔二偷偷约定了一场比赛,地点是在快活林小学后门外的小树林。有个叫张远山的记者记录了这场比赛,大致经过是:二龟在起跑线上陪着二兔起跑,小龟在终点等着倒霉的二兔的到来。当张的这篇报导出现在《快活林日报》上的时候,却变成了《兔子和刺猬的赛跑》。这足见乌龟家族在媒体业界的影响。内情是这样的:当《快活林日报》社连夜印制那份含有《兔二和两小龟的赛跑》一文的报纸的时候,突然接到快活林居委会的通知:立即停止印刷,销毁所有已经印出的报纸,停业整顿二十四小时……

张在报道中更没有提到发奖时的情景。实际上,在发奖的时候,二兔忽然明白过来,气得两耳生风,将站在冠军台阶上的小龟一把抱下来,举拳便打。二龟、小龟的拥趸,二兔的追星族,此时皆不甘示弱,纷纷从观众席上冲将下来,在领奖台四周打得烟尘滚滚头破血流。

因为那句"王八难题,"小龟、二龟对大兔早就恨之入骨,想教训他一顿,怎奈大兔甚是狡猾,让俩龟逮不住机会,这回他们便把一腔怒火全发泄在二兔身上,把比赛做手脚的亏心都抛在一边了。

这场殴斗是用一个排的防暴警察和二十颗催泪瓦丝结束的。伤员数字达到一百;租作发奖场地的快活林贵族小学操场损失了二百条长凳、六台留声机、五只麦克风、一张录有"龟、龟、龟,追、追、追……"的 CD 和一盘录有"兔子,兔子,跑、跑、跑……"的磁带。据绿色和平组织的发言人说,那次殴斗对快活林小学大操场草坪生态的破坏至少要经过五年才能恢复。

殴斗之后,兔家成员跟龟家成员以及他们各自的支持者又发生了零星的几次肉体冲突,弄得快活林居委会不得不正式出面调停。孰料调停的结果是悲惨的:二十多个兔子支持者和十多个乌龟支持者在居委会门外又开练,互扔矿泉水瓶和"脑黑金"益智营养可乐听,将居委会的窗玻璃打成马蜂窝。

无论兔子家族还是乌龟家族都不肯承担居委会的损失。居委主任山姆*猪先生一气之下,裁定:兔子家族限期搬到快活林的最东面,乌龟家族搬到快活林最西面;所有的兔子支持者也搬到东快活林居住;所有的乌龟支持者统统搬至西快活林。

搬迁倒是如期完成了,但是此后快活林的东部与西部发生了更为激烈的冲突,兔子的支持者和乌龟的支持者不断进入对方的地盘寻衅滋事,打斗的规模也日趋升级。实际上,居民的搬迁重组,反而使两派支持者各自串联起来更为方便,团儿也抱得更紧,只是冲突的原因和内容越来越偏离赛跑这个主题。那段时间假如你去造访两地的居民,你会发现大家最爱使用的词是"同仇敌忾""灭此朝食""艰苦卓绝""百折不挠""蚍浮撼树"总之,两场轰轰烈烈的革命运动发生了——两派居民各执一端,不共戴天,互为革命和反革命。

虽然大量的争斗搞得快活林百业萧条,可居民们却跃跃欲试神采飞扬,活得有滋有味,很多居民的失眠症都不治自愈了,对处在崩溃边缘的快活林经济状况懵然无知。

面对这个情况,居委主任山姆*猪先生召集干部们连续开了三个月的会,最终决定在快活林中央建一道"快活墙,"留一扇"快活门,"并设一卡哨。龟、兔的支持者要去对方的地界,都得申请签证,接受面试。若在对方的地界里表现良好，便在护照上盖一猩红大章，下次申请签证才被受理。若是多次表现良好，攒了几十枚大章，甚至可以免除面试，签证有效期也会大大延长。

该措施又带来新的问题，墙西墙东的居民频繁穿越卡哨，有事没事就去对方一游——以攒红章。有的打半瓶醋也要绕到"墙那边"去买。结果累倒了三十只办理签证的知更鸟小姐和六头管理卡哨的老犀牛。快活林居委会不得不出台新政策：1.限制每天的签证数量。2.给旅游、商业签证以最严格的限制。3.对申请者施行自由心证，凡是有移民倾向或攒章嫌疑的申请者一律予以回绝，并在护照上加注"1-Y-L"（一年后再来）。

上有政策，下有对策，对付这类条条框框，百姓又很快想出了层出不穷的办法。快活林居委会也不得不道高一尺魔高一丈，对签证政策提出叠床架屋的修正案、修正修正案、和修正修正修正案，还专门组织了一个取名为"智商委员会"的特殊事务机构，专门调查在签证上弄虚作假的居民和在墙东墙西之间进行各种非法活动的分子，同时还配套出台了新的税收政策，对墙东墙西征收高额"和平税。"

一场殴斗造就了一个强大的居委会和一群刁民，这是大家始料未及的。从前快活林居委会换届选举，候选人最常用的口号是："小小的居委会，大大的快活林。"现在大家差不多已经忘掉这句话了。在最近一届的的居委会选举中，新当选的主任就是以一句"不要问居委会能为你做些什么，而是问你能为居委会做些什么！"打动了选民，大获全胜的。（但是不久却爆出惊人传闻，说在选举期间上窜下跳鞍前马后，为新主任当选立下功劳的海狸鼠先生居然是在东西快活林间活动的最大的走私团伙"蓝衣社"的头目。）

官场上、政治上的这些破事儿咱就不表了吧，让我们回到龟兔赛跑的故事上来。

在一个全新的快活林世界,乌龟家族与兔子家族的双边关系跌入了最低谷。比赛没有了,公开的论战没有了,殴斗也停止了。两家人尽量避免接触,仿佛对方都不存在。那段时间,假如你去兔子家造访,你会在客厅的墙上看到一行最显眼的字:

"在这个世界上,乌龟是不存在的。"

无独有偶,在乌龟家的客厅也有三行文字:

"如果你认为你见到过兔子,原谅你眼睛的无知吧!

"If you believed that you had ever seen any rabbits,

forgive the stupid it of your eyes!"

7

时光荏苒,转眼又是好些年过去,兔子已经步入老年。一天晚上,兔家族的成员们端坐桌前,正在享用一次丰盛的晚餐,忽听兔子长嘘短叹起来。大家皆问何故。兔子神色凄凉地讷讷说道:"眼看着老——老啦。"大家再问时,兔子却低下头不肯再说。

大兔马上明白了,正颜厉色地说:"所长,乌龟是不存在的,龟兔赛跑是不可能的!"

兔子的脸刷地红到耳根,忙端起杯子咕咚灌下一口葡萄酒,却把脸染得更红,象着了火。他鼓了鼓劲儿,故意把盘子敲得叮当作响,在噪音的掩护下颤颤地咕哝:"破——破——个——例?"

大兔的脸立刻拉得老长,像根瓠子瓜;他把手里的饭碗朝桌上一摔,起身掉头便走,嘴里嘀咕:"这老东西,这老东西!"二兔忍住笑,仰头冲天花板上的吊灯直翻白眼儿。

兔子在家族中找不到支持者，成天地唉声叹气坐立不安——众兔的阻梗反而弄得他跃跃欲试了。

机会不久便来了。

快活林社区从"大硬"公司拉到一笔赞助，在墙西办了一所"墙西老年大学，"招收离退休或即将离退休的老年动物学员，东西快活林居民皆可报名，学员发给可自由来往东西快活林的长期有效签证。大兔便给兔子报了名，交了学费，并且力劝："所长，良机啊，在墙西拿个MBA，您的管理水平定能更上一层楼！"兔子听了甚是不快，心想，什么狗屁"一层楼，"那帮耍笔杆子的教授能有什么真本事？

话虽这么说，兔子一想到今后可以在名片上印个"MBA"字样，心里就痒痒的，不能自持。

兔子入了学才发现那不是什么MBA，而是绘画初级班，每堂课教画三十个核桃。兔子上了第一次课便不肯再去了。二兔又来劝，说短中长跑协会要给一批获得"跨世纪短跑奖"的小朋友发奖状，希望会长在每张奖状上画一只核桃。

兔子只好又去上，这次班上多了个新成员——老龟也来画核桃了。老龟本不想来，但是被龟太太骂了二十八个"十三点，"扛不住，只好来了。老龟从前是"大硬"公司成员，学杂费全免，这个机会，龟太太自然决不肯放过。

在老年大学画完三百只核桃，乌龟和兔子的关系便开始解冻。这个过程既微妙又复杂，首先是兔子的作品《核桃与木鸭》在班上的绘画比赛获得了一等奖，而乌龟的《核桃与小铁锤》只得了个三等。为了备战一年一度的"东西快活林老年绘画对抗赛，"绘画教授老鸦先生组织了几个互助小组，把老龟和兔子分到一个组。兔子当仁不让自封组长。而老龟倒也谦虚，听凭兔子敲着他的硬壳儿对他的画评头论足。兔子在小组里指点江山，把老龟的画当了反面教材，时不时批得老龟下不来台，心里便觉着有几分疚歉，于是经常在放学后请老龟下馆子。台上损失台下补，老龟倒也不亏。

在兔子第六次请老龟下馆子的时候发生了一件事，打此老龟再也不肯接受兔子的邀请了。第六次的事情是这样的：那天在馆子里兔子多喝了两杯"波冈地"，酒酣耳热，胆子就大了，对老龟说要跟他赛跑。老龟急了，说："俺哪——哪是您的对——对手呢，琴——琴棋书——书画，哪——哪样比——比的上您！嗝。"

兔子比乌龟更急："求您了老龟！求——求——求您了老龟！"见四下里没人，兔子从座位上倏地站起来，一步蹿到乌龟面前，双膝开始打弯，"给您跪了老——老龟！"

老龟慌忙站起来，把身子一磨，背对着兔子，死也不肯回头。兔子又绕到老龟面前，眼含泪水，又屈膝欲跪。老龟把小尾巴一甩，又别过身去了——别看老龟平时慢吞吞的，此时闪转腾挪的功夫委实了得！

这当儿饭店经理一溜小跑赶过来，没头没脑地劝上了——他把龟兔当成同志圈里的朋友啦！

兔子又气又急，酒劲上了头，脑袋疼得像有一百只核桃砸将下来，突然胸口一阵麻木，便倒在地上。乌龟的小尾巴被倒下去的兔子砸得生痛，转过身来，发现兔子已不省人事，便风风火火地去打电话叫救护车。结果却是一辆救火车咋咋呼呼地开来了。

大家七手八脚将兔子塞进救火车，拉着警报风驰电掣地直奔墙西总院，兔子的一条老命算是保住了。

8

第二天，《东快活林日报》和《西快活林日报》同时刊登了一则关于兔子的新闻，大致内容如下：1. 短中长跑研究所所长、短中长跑协会会长、运动健将兔子先生突发心肌梗塞经抢救已脱离危险,正在墙西总院观察治疗疗养。2. 短中长跑研究所所长、短中长跑协会会长、运动健将兔子先生宣布辞去短中长跑研究所所长的职位,由大兔接任;辞去短中长跑协会会长的职位,由二兔接任;兔先生正式退休,仅保留"终身运动健将"的称号。

一晃又是半年过去,兔先生的心脏病基本痊愈,出了院。令大家吃惊的是,兔先生向居委会提出申请,要在西快活林定居。对于这个决定,兔子解释道,在长达半年的治疗中,他对墙西总院精湛的医术、尤其是良好的服务所折服。他说墙西总院不但没给他这个老对头下砒霜、下铊盐,还把他的病治好了,说明那是个值得信赖的医院,由此可见墙西也一定是个值得信赖的社区。

墙东居民群情汹汹,义愤填膺,纠集起来将一尊刚完工的立在"墙东健将馆"前的白色大理石兔子雕像给砸碎了。从此兔子不敢回墙东。

兔子申请留在墙西的报告交到居委会办公室,却迟迟得不到批准。又过了半年,快活林居委会终于分裂成墙西、墙东两个居委会。俩居委会都对境内居民实行大赦,既往不咎。兔子便顺理成章变成墙西居民,只是没人再提他的"终身运动健将"称号,"墙西健将馆"也不请兔子去按手印、签名。简单地说,除了有一次移民局传他去按了一次手印,兔子的余年也就再没按过手印或给人签过名。不过这说明兔子还算幸运,因为在大赦后的第二年,所有的墙西居民都经历了一次"再审查。""智商委员会"将那些隐藏在墙西的"墙东特务"和"特嫌分子"(特务嫌疑分子)统统抓进警察局按了手印,兔子居然得以幸免。有传闻说,墙西居委会从来就都是把兔子当作墙东特务的,所以根本用不着审查。也有替兔子鸣不平的,说在西快活林居委会的成立大会上，兔子不是被邀请到贵宾席上去了吗？当会歌"美丽的西快活林"播放之际，兔子先生不是热泪盈眶的吗？

在墙东，一场"清理东快活林——抓特务"运动也蓬蓬勃勃开展起来。该运动要达到两大目标：（一）：整治街道卫生（二）：检举特务。

但是，经过一年又一年的清理东快活林——抓特务运动，街道并没变得更卫生——宣传整治街道卫生的标语每天都铺天盖地地贴出来，单是收拾它们就足够让这运动永远进行下去了。

检举特务亦不见得有什么成效。起初，居委会定了一个百分之一的比例，也就是说，理论上，东快活林居民应该有百分之一是"西快活林特务"——这是东快活林最著名的核子学家经过十多天精确的计算确定的。待这百分之一抓完，大家发现剩下的居民里应该至少还有百分之一的特务，于是又抓。抓完了，大家又发现……

总之，特务越抓越多，居民越来越少。监狱外少量的居民已经无法养活监狱内大量的特务了。

于是监狱外头的居民只好将一些"特务"平反，以便凑足了一定数目的居民后再抓。然而一部分"特务"的平反，产生了链式反应，带动了另一些"特务"的平反，结果又导致了一场轰轰烈烈的平反运动，最后监狱里一个特务也不剩了。

等到所有的"特务"都平了反，另一场清理东快活林——抓特务运动又被轰轰烈烈地开展起来。

运动在墙东搞了许多年，直到大家对清理街道和抓特务都颇为厌倦。终于，一个居民在《东快活林日报》发表了一篇短文，题为《让咱们玩点别的吧！》。大家纷纷赞同，这场运动也就莫名其妙地结束了。

当墙东的"清理东快活林——抓特务"运动结束时，兔子也从老年大学毕业，在墙西养老院安度晚年。同在院里的还有老龟和龟太太。养老院的生活，除了龟太太对"忘恩负义的龟儿孙"喋喋不休的抱怨之外，倒也平静安逸。在龟太太的唠叨声中，兔子乌龟居然能渊停岳峙地下棋。

说到棋艺，兔子跟乌龟倒是半斤八两，各有输赢。兔子的脾气你是晓得的，要是赢了还好；但凡输了，就一定拉着老龟接着下。兔子的心脏有毛病，老龟比较迁就他，耐着性子陪他下到他赢。有时兔子太不象话，大半夜的还把老龟留住，非把比分扳平不可，龟太太催得又急，老龟就不得不推托了。兔子哪里肯依，诚惶诚恐地把两人的棋子儿在盘上摆好，将老龟的磁化杯里沏上新茶，又给他把香烟点上，拉着老龟的手，求着他走子儿。老龟左右为难，只等龟太太出来敲他的脖子，揪兔子的耳朵，用她的三合一方言将他们数落个够。

乌龟和兔子的故事差不多就这些了。风烛残年，兔子没再向乌龟提出赛跑的要求——他们都怕那一点点余火被吹灭喽。

9

兔子的蜡烛是先被吹灭的——这可不奇怪，风风火火之辈，大多死得也快，而老龟的残年还长着呢——千年的王八万年的龟嘛。没了兔子，乌龟品尝了几分人琴俱亡的滋味。当年因为赛跑，把个快活林折腾得天翻地覆，如今回想起来，怎能不扼腕喟叹？

在兔子的葬礼上，老龟吭哧吭哧地念了好几十页用 A4 纸打印的悼词。末了，他含着眼泪说："兔子兄弟，我的朋友，你是我见过的最好的兔子，但也是最糟糕的——你老想赢，可是，谁能赢啊！"（到晚年，老龟说话"嗝——嗝"的毛病竟不治自愈了。)

或许你觉得这段悼词有点耳熟——没错,好莱坞的老电影《船王欧纳西斯》就化用了老龟的悼词。电影里,欧纳西斯的终生好友摸着老欧的棺材说:"欧纳西斯,我的朋友,你是我见过的最好的人,但也是最糟糕的,你老想赢,可是,谁能赢呢。"

老龟的这句悼词立马成了名言,并且很可能一代代流传下去成为不朽,这让兔子家族煞是不平。大兔著文说:"最可悲的是,古往今来,人类的记忆总是垂青那些立言者而非立行者。'有言者不必有德',立言者生时往往是些懦夫,无所作为,但他们死后我们却不厌其烦地提起他们的名字,对他们的信口开河顶礼膜拜。当我们给立言者树碑立传时,真正的英雄早就湮没无闻了……比如,墙西的大作家陆暗枭,年轻时是个逃兵,后来成了作家,把过去的糗事用如椽之笔翻了过来,把自己弄成个顶天立地的英雄……"云云。

这回大兔并未反击,倒是二龟、小龟俩双胞胎在报上联名写了一篇评论,引用了两段圣经:

"起初,是言辞,言辞是和神在一起的,神就是言辞……"

"神说:'要有光。'于是便有了光……。"

大兔在第二篇文章里反驳道:"起初的……起初的通常是草率的、欺世盗名的;而且据我所知,凡是要光的,无不遮住了别人的光……"

辩论一直持续了下去,但是再也未能演变成众所周知的大事件。快活林居民对这类争论早已漠不关心——大家越来越忙了。

2002.4-5 第十一稿

丁老板的巴儿狗

丁老板以前开饭店，现在开旅馆。说到她家的巴儿狗，就得从她开饭店的那阵子开始。

丁老板的饭店叫"麒麟大酒楼，"在长江路和黄河路十字路口的西北角的位置。那时我在设计院混日子。设计院的办公楼在十字路口的东北角，跟"麒麟大酒楼"正好一衣带水。因此设计院的单身汉如我辈就少不了去光顾。只要我在酒楼门口出现，丁老板就在柜台附近冲我喊："小子，青椒肉丝鸡蛋汤？！青椒肉丝紫菜汤？！"

印象里丁老板永远在饭店，永远在柜台前后左右晃荡。

以前丁老板是印染厂的，跑供销。后来该厂成了众矢之的，大家都说，印染厂把护城河染成了紫菜色，再撒点虾米葱花进去都能当汤喝了。

敝城居民甚为幽默，但是对于丁老板，这幽默是黑色幽默。厂子停了，她下了岗。麒麟大酒楼，其实既不大也不楼。它在一幢三层住宅楼的低楼占据了一角，是一套三居室，将隔墙打通，大堂、雅座、厨房便齐备了。

经营此等小饭店，也有各种各样想得到和想不到的麻烦。

常出现这样的事情：当饭菜上桌，客人举箸欲食的时候，蓦地瞥见一个衣衫褴褛、表情严肃的人站在桌前，正朝自己坚定地伸出双手——要钱。要是客人不给，他便在桌前垂首伺立，那样子仿佛在说：快点吧您哪，你不吃我可要吃了。这时丁老板就风风火火地奔过来，把他往门口拉，一边朝他口袋里塞些钞票，把他送出门外。

这个衣衫褴褛、表情严肃的人总能逮住空隙，溜进饭店，神秘地出现在客人面前。丁老板少不得每日出钱打点，但产生了意想不到的效果：从此她的"麒麟大酒楼"便有各种衣衫褴褛、表情严肃的家伙走马灯似地光顾，全拿出这两招：坚定地伸出手去，或者垂首而立，一言不发。丁老板终于明白：她招呼的乃是丐帮弟子，是上下班都打的来回的那种。

有人给丁老板出主意：养条狗吧。

养狗？丁老板跟她老公——孙老师商量，孙老师颇为不屑地顶了回去："异想天开，虽说狗眼看人低，可它冲谁叫唤，不冲谁叫唤，能听你的吗？……都是训练出来的，你以为你是谁？巴普洛夫？你知道条件反射吗？！哼！"孙老师是某小学的教员，在家里也是响当当的一号人物。丁老板听了"巴普洛夫、条件反射"，便没了底气，只得作罢。

后来丁老板有个邻居的哈巴狗儿不知怎地就怀了崽，呼噜噜生了叫人发愁的一大堆。丁老板看见嫩生生的狗崽儿闭着眼睛聚拢一窝，又可怜又可爱的样子，就心有所动，要了一只来养，并给它起名曰"巴儿。"

巴儿晚上跟丁老板的儿子同巢而眠，白天就在丁老板的店外卧着，跟生猛海鲜、家禽野味杂然相处——说到生猛海鲜，倒勾起我一件伤心事儿，且让我在这里旁逸斜出，啰唆几句吧。

这件事发生在巴儿刚来"麒麟大酒楼"那阵子。单位有热心肠给我介绍了个女朋友。头一回见面，我请她来"麒麟大酒楼，"在青椒肉丝鸡蛋汤之外又点了回锅肉，半心半意地撺掇："喜欢吃什么？别客气哦。"

那姑娘起身来到门口左侧的玻璃缸前，见缸内鱼儿翩然作态、优哉游哉，就动了心，点了一份红烧鲫鱼。鱼捉去做了，两人四目以对，姑娘就有几分不好意思，起身又去门边，逗巴儿，于是注意到了门口右侧的铁笼子——里头没有豺狼虎豹,只有雪白的鸽子一只。彼时有个服务生正端着盘子打旁边经过。姑娘问:"这么白的鸽子,也做菜吃?"

"美国白鸽子,养颜美容!"

姑娘鼻子一酸:"真可怜,这鸽子我买了!"

"稍等。"服务生说。

我和姑娘又坐回位子上,青椒肉丝已经端上来啦。我们一边喝啤酒,一边闲侃畅聊。

我坐的位置,正对着厨房入口。说话间,我一抬头,瞥见白光一闪——那个服务生攥着鸽子进了厨房!我暗暗叫苦,赶忙起身奔了过去。待我冲进厨房,已经晚了……

非同小可,那姑娘瞪着我,仿佛要从我身上咬下一磅肉来。

丁老板赶忙上来:"……那孩子乡下来打工的,太木……"我也好言相劝,且作了深刻自我检讨,那姑娘就有点回嗔作喜的意思了。但是,千不该,万不该,待丁老板走开,我又狗尾续貂:"反正你救得了一只鸽子,也救不了天下的鸽子。"

又生气了。

姑娘吃完那顿饭,我就没戏了。她对媒人说,这人心太硬,恐怕不是善类。媒人便来问我:"你怎么得罪她了?"我把经过一说,那媒人就笑得趴在桌子上起不来了——看来这设计院里不是善类的并非独我一人。

言归正传,单说巴儿。

人间方一日,狗岁已十天,转眼间巴儿就长大了。在"麒麟大酒楼"的大门口,面前摊着社会这本大书,巴儿出落得聪明伶俐、诡计多端。一旦有衣衫褴褛的、可怜巴巴的、鬼鬼祟祟的、不三不四的、不像善类的欲进店门,甚至打门前路过,巴儿就扬起小脑袋:"巴巴巴巴巴巴!巴巴巴巴巴!"一身雪白的长毛抖动着,小脑袋高昂着,脸上的三个黑点儿——俩眼睛一鼻子——组成冷森森的黑三角,冲人瞄着准。那样子还真有几分狰狞咧。

"巴巴巴巴巴！"

每次我去"麒麟大酒楼，"一定把皮鞋擦得干干净净，"整顿衣裳齐敛容"，一点儿都不敢马虎。

这巴儿虽然对乞者气势汹汹，却并不真咬人，大约属于色厉内荏的那种。不过这已足够，你想想，就算有丐帮弟子不管不顾地溜进去，有巴儿一路跟着，在脚边巴巴巴巴，一定搞得他六神无主、心烦意乱，焉能专心工作。

当然，丐帮弟子也可以换了行头，打扮成西装革履什么的。可是这样在客人面前垂首一站，却不像乞讨，而是状如向遗体告别了。

有巴儿的巴巴巴巴，真假乞者统统被拒之门外。这巴儿，无师自通，尽职尽责，神乎其技，令丁老板大为满意。孙老师也不提什么巴普洛夫、条件反射了。后来丁老板改行开了旅馆，说是开旅馆比开饭店挣钱。这回她没把旅店叫"香格里拉""玛瑞亚特""假日旅店"什么的，而是颇为低调地称作"麒麟旅社。"收费也不高，所有房间都不超过一百元，还有十多元一床位的四人间。此等旅社，必定有不少客人来自七乡八里拖儿带女且灰头土脸投亲上访的。巴儿见了，一律报之以巴巴巴巴！

这可不成。孙老师拍了拍脑袋，一条妙计就出来了。

一个星期六，孙老师带了巴儿早早地来了旅店，丁老板和儿子小宝就在家打扮上了。翻箱倒柜，丁老板找出下岗前从印染厂里拿回来的退了色的工作服。那衣服少不得白一道、黑一道、蓝一道、粉一道的。头发没梳没洗，任其支棱着一把钢丝。儿子十岁，将去年夏天淘汰掉的白衬衫重又套在身上，胳膊小腿从袖口裤角不由分说地冲将出去，像四根剥了一半的玉米棒子；衬衫洒上点蓝墨水儿，再套一双脏兮兮的运动鞋。这一大一小,一个像刚下班的油漆匠,一个像油漆匠她儿子,扶老挟幼地来到麒麟旅社。

巴巴巴巴!

"巴儿,瞧我们是谁?"

巴巴巴巴!

"巴儿,我是小宝!"

巴巴巴巴!

"巴儿,给—— 包子!"肉包子从兜里拿了出来。

巴巴巴巴!

不顶用。包子扔在门厅的茶几旁边,巴儿不闻不问。包子头朝下趴在那里,鼓囊囊的,像个受气包。

巴巴巴巴!巴巴巴巴巴巴巴巴巴!!巴巴巴巴巴巴巴巴巴巴巴巴巴!!!

见这娘儿俩赖着不走,巴儿更急了,围着四只脏鞋,蹿来蹦去,情绪激昂:

巴巴巴巴!巴巴巴巴巴巴巴巴巴!!巴巴巴巴巴巴巴巴巴巴巴巴巴!!!

娘儿俩先心虚了,儿子拖着老妈朝门外闪。

算了吧。娘儿俩回家,换衣服,换鞋,梳头。打扮好了再来旅店。

娘儿俩衣冠楚楚地回到旅店,没想到巴儿又红着眼睛冲上来了。

巴巴巴巴!巴巴巴巴巴巴巴巴巴!!巴巴巴巴巴巴巴巴巴巴巴巴巴!!!

那意思是:别以为你们换了行头俺就认不出你了!

"孙老师!孙老师!都是你出的好主意,还巴蒲洛夫!这下好了,连我们都不认了!"丁老板说。

孙老师也没办法,只哭丧个脸,牵着巴儿回家了。那巴儿，还时不时回头巴巴两声，直到拐进小巷。

到晚上，丁老板回家，带了一块肉骨头，想跟巴儿化干戈为玉帛。怎奈效果不彰。虽不再巴巴巴巴了，可肉骨头一口未动，也不给丁老板一个好脸色看。如是数日，未见好转。牵到店面上，还是对七乡八里的客人巴巴巴巴。

丁老板急了："这巴儿，恐怕不能呆咱们家了。"

如是说了几天，就下了决心。

又是一个星期六，丁老板把家里那辆夏利轰隆隆地发动起来，孙老师抱着雪白的一团巴儿坐在后座，直奔市郊去了。

丁老板在市郊的农村有一个堂妹，丁老板要把巴儿送给她。可是巴儿并不知晓，它朝窗外望去，心里大感不解：这是要到哪儿遛弯儿去呢？瞧，先是高楼大厦变成了灰白的居民楼，接着变成了矮巴巴的厂房，然后厂房也没有了，变成一块块葱绿的玉米地，然后车子钻进了一处肮脏的小镇，穿过小镇，又是玉米地，然后车子一拐，开到石子路里去了；汽车跳起了迪斯科，嘚嘚嘚嘚；两旁高大的玉米舔着车窗，沙沙沙沙沙，不胜其烦！最后是土路，汽车跳开了摇摆舞，上一下，下一下，左一下，右一下……

终于到了，孙老师抱着巴儿下了车，他们同时闻到了不知从哪儿飘来的腥臊的臭味。巴儿看到一只硕大的狼狗站在一扇铁门前，胸前栓着链子，冷冰冰地盯住它们。"二虎，别动！"门里传来声音，主人显然知道他们来了。

孙老师抱着巴儿从那条大狗旁边经过，巴儿就在孙老师怀里发抖。进了门，巴儿看到一个不大不小的院子，左边是柴禾垛，右边是猪圈。猪们此时正站成一排，齐刷刷地朝巴儿行注目礼，黑眼珠眨也不眨，表情似笑非笑。呵，真是一群活宝。

猪们似乎也猜透了巴儿的心思，用黑乎乎的流着粘液的鼻子互相拱两下蹭两下，呲一呲牙，会心一笑。这一笑过后，从那边飘过来的臭味愈发地浓了。

他们被堂妹迎进这次旅行的终点——堂妹的堂屋。巴儿注意到：地上没有地毯，顶上没有吊灯，窗户上没有空调，屋角没有冰箱；桌上倒是有电视一个——小！还是黑白的；墙角倒是立着风扇一台——脏！还嗡嗡作响；没有茶几没有沙发没有饮水器没有牛奶没有肉罐头。只有黑木桌黑木椅黑木箱子黑乎乎的几个乡下人。巴儿张口就要巴巴巴巴。

可是孙老师将巴儿放在地下，转身便走出门去了。巴儿恍然大悟。

追，顾不得门前那条庞然大物了，一下子扑到车跟前，蹦过来蹦过去朝车里看——看不着，个子矮了点——叫巴，巴，巴巴，巴，巴，呜——呜。

门打开了，巴儿连滚带爬地蹿进车，像只又大又白的枕头被人扔了进去。呜——呜。玉米地——小镇——玉米地——厂房——居民楼——高楼大厦——麒麟旅社，巴儿坐在车里，一路喘着粗气回来了。

这下巴儿老实了。不再巴巴巴巴巴，而是见谁都摇尾巴，对丁老板摇得尤其勤勉。又短又粗的白尾巴，像根雪糕，整日里摇摇晃晃。

丁老板给客人开房间，跟客人算帐，没事坐门厅里发楞的时候，巴儿就蹲在一旁，大摇尾巴。要是丁老板冲它柔声说句话，那尾巴就摇得分外兴奋，好似乱风中一把热情的麦穗。摇摇晃晃。

唉，这一根毛茸茸的白棍棍，在空中不停地摇啊摇。直摇得丁老板心烦意乱，神情恍惚。

快拆

这个故事是很多年前,在我年纪还小的时候,从姥姥那儿听来的:

一户人家盖新房。新居落成,宴请街坊四邻。在觥筹交错之际,忽有乌鸦一只飞来,落在院外老槐树上,兴冲冲地叫喊:"哇!哇!好哇!好哇!哇!好哇!"

主人甚是不悦,用扫帚把乌鸦赶跑了。

赶走乌鸦,继续喝酒。须臾又飞来几只喜鹊,也落在老槐树上:"拆、拆、拆、快拆快拆,拆、拆、快拆快拆!"

主人忙叫人拿稻米款待。

扎轮胎

隔壁王大妈说她轮胎被扎了。她说等她抓到他,就把他"小鸡鸡"给割下来。我突然觉得下体为之一紧。

轮胎不是我扎的。

"轮胎不是我扎的。"我赶紧向王大妈报告。她看了我一眼,突然用浓重的皖中口音对我说:"我资道小东似个好仍。"王大妈在京城待了半辈子,一着急的时候还是会冒出家乡话。"小东,你觉着,是不是他家干的?"大妈指指单大爷家。

"保不齐,他家那小孙子,淘着呢!"我满嘴跑火车。这时候一只猫溜到我和大妈之间,蹲在地上目不转睛地看我。

我伸腿踢了它一脚,但是它不走。

王大妈拿出了锉刀,把她的自行车轮胎从轮子里取了出来。果然,红色轮胎上的窟窿眼历历在目,不止一个。

第二天王大妈就把单大爷养的那只猫给阉了。王大妈是畜牧兽医系的大教授,"双手劈开生死路,一刀斩断是非根"是她的看家本领。但是我不明白她弄那只猫意味着什么,能不能真的刷出仇恨来。

同样不明白的是单大爷,他找了我,说那个好心人是谁,这下子他家铁蛋就不会大冬天地也跑出去鬼混了。铁蛋是那只猫的名字。

我就对单大爷说,咱这院里,有这手艺的,还能有谁?

单大爷脸色立马就变了:"我家铁蛋谁都能阉,就她不能阉!"

但是王大妈补好的轮胎没有再次遭遇不测,一连好几天,小区里平安无事。

直到三个月后,我被通知去参加王大妈的追悼会。追悼会上,我看着神色凝重的单大爷,心头恐惧一阵阵袭来。回到家我就发了高烧。

我在家躺到第四天,单大爷推门进来,说有事跟我合计合计。我就霍然坐起,给大爷沏茶送果。

大爷说:好好的一个人,怎么说死就死了呢。

我说我也不知道,王大爷那几天给女儿带娃去了,想必是疏忽了。

"那也该打个电话!"

"人死转眼的事。"我说,然后觉得不妥,就改口说,"大妈脾气不好,容易生气,长此以往,心脏怎么受得住。"

单大爷说是啊,我家铁蛋的事我还没来得及谢过她呢。

(我脑子里闪过那句"谁都能骗,就她不能骗。")

"我家铁蛋现在天天在家待着,乖得像个闺女!"单大爷说,"可是她怎么知道我们要给它做手术?小东你告诉她的?"

我莫名其妙地点了头。

"我说呢!"

又过去几天,王大爷来了,他问我认不认识"小年轻的骑自行车的。"他要把大妈的那辆自行车卖掉。他说天天看着那车,心里头老伤心了。他说她活着的时候就反对她骑,他扎坏了轮胎她修好了照样骑,看,骨头都摔断了。

我帮着大爷把车卖了,那天晚上就做了个梦。王大妈在院子里喊我,我走了过去。她说小东,你,你知道老单又在搞什么鬼?我说老单能搞什么鬼,您把他家铁蛋骗了他都没干啥。

她说那可不是,你瞧瞧他们家卫星天线,每天朝着我们家发射,我这心脏啊,一天不如一天。我这是死了,可老王还得多活几天!

大妈要求我去她家找王大爷,让他把挂在他们门口的照镜子朝东挪一公分，她说她还在阳世的时候，就是因为这镜子朝右偏了一点儿，没挡得住老单的毒射线，才一命呜呼。"呜呜呜……注意！别碰掉了粘在镜子后头的桃核儿！"

第二天我登上梯子帮王大爷挪镜子，看到镜子背后的桃核儿，我心里一慌，那镜子就失手掉到了地上摔碎了。

后来大妈就隔三差五给我托个梦，一会儿是大爷的煤气罐该换了，一会儿是大爷的鸡眼需要挽一挽了，总之，梦托得都很及时很准确。我哪里敢怠慢。不过反正也都不是什么太麻烦的事。

但是一年以后，王大爷请了个小保姆，大妈在梦里的要求就有点变态了。比如半夜凑到大爷窗户底下听几个钟头，检查她们家晒出来的床单被套什么的。我说王大爷头上三尺有您在，他做啥您还不清楚吗？她就不耐烦地讲：你以为在上面就没事可干了？况且我这死了的人就不能有点自己的生活。

长话短说，王大爷跟小保姆发展到那一步的时候，还是大妈第一个发现的。大妈在我梦里哭诉的时候，我就好奇的问，您托个梦吓唬吓唬他不就得了。她说你大爷和你不一样，憨吃憨睡，啥都不多想，梦是托不进去的。

我问大妈她作何打算，她说把他骗了，"这我还得靠你。她说有她的指导，你肯定可以成为一把好手，成为骗坛新星，"这工作比你当个咨询师可好挣钱！"

我断然拒绝。

从此我就被噩梦缠绕。最后我就答应了。

然后我家里就备好了麻醉剂，针管，手术器材，还买了几盏台灯。大妈是个谨慎的人，于是我们小区的几只流浪猫就成了我第一批顾客。

等我这一项新本领练到炉火纯青之日，不等王大妈托梦，我都跃跃欲试了。

那天晚上大妈对我苦口婆心,劝我先阉了自己,"不然我怎么放心你的水准!"

我断然拒绝,说我孩子都还没有,实在不能从命。大妈说:孩子有什么好,你在海淀当爹,不是拿你下半辈子放在火上烤?你还打算再学一遍高中数学不成?

高中数学是我的噩梦。

"大妈知道其实你要的不是孩子,是女人,女人有什么好?大妈是女人大妈还不清楚?女人没什么好,乖,信大妈的。"

尾声

那天夜里我乘着月黑风高,扑进王大爷的主卧,想先下手为强,以便向王大妈证明,即使我不在自己身上动刀,我也能不辱使命。

但是后面的事情你们都已经知道,小保姆以强奸罪把我告上了法庭,而警察也搞不清我们之间到底发生了什么关系。其实我也不知道。网上说我们俩洗了一场鸳鸯浴,据我所知这是没有的事。但是我也说不清楚了。自从我看到镜子背后的桃核的那一刻,我就不知道我哪一脚迈的是现实,哪一脚是打梦河里趟过。枪毙我还是放了我,你们看着办吧。

2019

一个故事

现在让我给你讲这么一个故事。数年前，有两个老妇人，她们是邻居，一个姓赵，一个姓陶。她们同住在一套类似北京四合院的建筑里。赵氏的儿子是个死刑犯，早些年被枪决了。而陶氏的儿子去了美国。

在街谈巷议中，赵氏与陶氏，是一对活样板，失败与成功，耻辱与荣耀的对比泾渭分明。当赵氏从胡同里走过时，难免有人在背后说三道四。陶氏则背负着崇拜与嫉妒。人们妄传着陶氏的独子在"鬼谷"如何地成功，如何如何有地位。

赵氏的儿子是在严打的风口上犯的案，实际上是被重判了；陶氏的儿子在美国一直没有找到合适的工作。如果把这两样事实考虑进去，赵氏与陶氏分别背负的耻辱与荣耀都会打了折扣。但是，人们难得会这样思考，即便他们了解真相。人们更原意，用一种启示录般的对比的眼光看待这些事情。

陶氏经常到赵氏家里作客，只有在赵氏那里，陶氏才能说出些许心里话。在别处，人们总是把这些当作谦虚与障掩。陶氏跟赵氏说的是她的担心，她说儿子打小便不服她的管束，一直跟她格格不入，她担心他这样的性格总要吃亏的。她儿子的事业也的确没有太大的进展，甚至出国时借的债也没有还清。

也许是因为经受过深切的痛楚与沧桑，也许是性格使然，赵氏反倒更从容豁达一些。她劝陶氏说，丰年（陶氏的儿子）脾气是有点倔急，可是总也不会超过一个限度，这样的孩子，你尽管放心。至于邻里议论，说好说坏一眨眼，还是不要在意的好。

后来陶氏的儿子被一家公司派回中国，事业上也还说得过去了。丰年回家来看母亲，也打听赵氏的住处——现在那个四合院已经拆迁，赵氏与陶氏搬到了不同的地方。

丰年来赵氏家里作客。赵氏便留他吃午饭，丰年很高兴答应了。做饭的时候赵氏忽然流下泪来，她想起了丰年和兵兵（赵氏的儿子）小时候的事情。那时候陶氏经常加班，丰年就在赵氏家里搭伙。丰年在兵兵家里吃饭如狼似虎一样，跟兵兵抢。而平时在家，对陶氏做的饭菜丰年老是提不起胃口。

丰年看到赵氏流泪，却不知怎么办好。他在国外虽然待了多年，仍不习惯直接表达情感。

小时候丰年并不喜欢母亲那种谨小慎微的性格。在家里他总是满身的不是，动辄得咎。母亲只认许他做两件事：埋头读书和保持桌面整洁。

在兵兵家里，丰年反而感到自由自在。兵兵是个无线电迷，丰年是在他家里喜欢上了那些电路图、元件、焊锡和松香的。他和兵兵拆了赵氏仅有的一只收音机，后来是电视。这些东西年丰家里也有，但是它们是碰不得的。丰年在兵兵家焊装的一只仅能收一个台的收音机一直搁在赵氏的柜橱里。丰年绝对不敢把这不务正业的东西带回家。

丰年说，如果没有您，我肯定像俺娘那样，一辈子勤恳，却不知忙些什么。

赵氏抹了泪："不能这么说，你娘知书懂理，你才会有出息……"

丰年离开赵氏的家，包里装着那个只能收一个台的收音机。现在他敢理直气壮地拿回家了。

回到家，他本想对母亲说，他选择电机工程的专业，就是从这只小收音机开始的。但是进了家门，他改变了主意，什么也没说，只是把那收音机仍搁在包里。

他去赵氏家的时候，也有一句话他本想说，但是又没有说。他想说的是：在他心里，她才是他的母亲。

红

每日黄昏前后,她总是穿着黑色衣裙,面对西天,在一方画布上涂抹落日和晚霞。她专注地做着这件事已经一月有余,可是落日和晚霞始终未能在她的笔下燃烧起来。

在远处,太阳徐徐落下,消失在山背后;一抹金黄的霞光,也逐渐消隐于黑暗之中。

没有月亮,只有几点星光。

她朝西南方的远处张望,在一瞥间,在远方绵茫群山的最高处,曾是太阳孤悬着的地方,她看见了它。

她略有些吃惊,虽然她知道它就是她所等待的;她不知道她为什么知道这些。

它的红色光芒,穿过寂然无声的夜空,穿过远近丛林中缓缓升起的氤氲雾气,朝她投来。那光,不似阳光的强烈奔放,不似月光的晦涩阴柔,也不似周遭几颗星火的若隐若现。它只是安详地,沉默地将一束红光远远地投射过来。

她放下手里的画笔,朝它走过去。

她翻越了那些山,趟过那些溪流,穿过那些林树和灌木,来到最高的那个山峰上。在那儿,她举起双手。

它缓慢地,缓慢地,仿佛永远都不会到来一般地悄然落下。在她极耐心的等待之中,它落向她的掌心。

它是浑圆的,光的物体,微悬在双手的上方,没有重量,甚至也看不到光与体的界限。她捧着它,静静地转身,引着它,又翻越了那些山,那些灌木和树林,回到她的家。

她的家是一间空空的屋子,少有家当。她不知道该把它放在什么地方。

对了,她想了想,说,你属于那只淡绿色的玻璃花瓶,那里至今尚未插过一朵花,高高地闲置着已经很久了。

她把它置于淡绿色的花瓶的上方。它悬浮于其上,位置恰好是一朵花应该开放的地方。

它以温暖的红色之光,照耀着整间屋子。她在屋里支起她的画架。在新的工作开始之前,她用黑色涂去了那些落日和晚霞。黑色,因和着它的红色之光,已不再令她不安。她的画笔亲近着黑色,像亲近情人的嘴唇。

是的,她自言自语道,红色光芒拥抱着的永恒的黑色,胜过灿烂然而短暂的金黄。

就这样,她在画布上涂抹黑色,一天又一天;有时她也尝试着用一些其他的颜色,但又被她重新用黑色覆盖了——在它的光充满整个屋子的时候,所有的彩色都显得拙劣。

在它到来的第二周,她放弃了绘画。黄昏,她有时坐在窗前,望望外面瑰丽的景色。她觉得黄昏很好,只是不再被黄昏的灿烂所打动,更不用说提笔作画了。她时而向它看去,它在那里,有时微微颤动着,像一团的火焰。

第三周,他来了,来看她的画。她说,你看,在那边淡绿色的花瓶之上——看见了吗,那就是它——它来了。

他朝那儿望去,然后诧异地望着她,说,那儿只有一只淡绿色的花瓶。

她忽然明白:他是看不到它的。她指向她的画布,说,于你而言,那也不过是一块黑色的布吧。

是的。

可对我来说,那就是全部。

他认为她已经不可理喻,便离开了她那儿。离开之前,他把她搂在怀中,想要吻吻她。然而她回过头去,又瞥了一眼她的画——在黑色背景之上,它正凛凛燃烧,仿佛炉中炽热的煤。

她收回目光,盯视着他;在她孤寂的目光之中,他感到无能为力,仿佛阴阳相隔。他觉得,似乎有什么在她瞳仁中飞升着、飞升着,透明地、孤独地。

他惶然地、匆匆地离开了她。

又过了一个月,在一个黄昏。她凝视着它;她知道它要走了。

它稍稍升起,离开花瓶之上,在她的房中沿着弧形的曲线,沉稳地运动着,运动着。并不离去。

它这样运动了很久,黑夜完全到来之时,终于飘出窗外,朝远山飞驰。

整个夜晚,它停留在远处绵茫群山的最高处,岑寂地孤悬着;她站在窗前,怅望着它,被它的光所笼罩。

在黎明之前,它终于消失,仿佛不曾来过。

苍蝇与蜗牛

1

苍蝇看不起蜗牛:瞧它慢吞吞的,黏黏糊糊,四平八稳,循规蹈矩,没进取心。要知道,一万年太长,只争朝夕!瞧我,自由自在飞翔,干自己想干的事,前程无可限量!

说完,忽一下飞起来,在空中漂亮地划了两个圈,砰地一声撞在了玻璃上——晕过去了。

蜗牛扭一扭身子,哈哈大笑着说:呸!急躁冒进,喧哗骚动,忘乎所以,欲速不达!你动静儿倒是不小,可天天还不是在地板和天花板之间折腾,朝夕倒是争了,可争到了啥?净让人讨厌了。你看我,这一天的工夫,这面墙上已经留下了我永恒的作品!

蜗牛冲着昏倒在地的苍蝇得意地挤了挤眼儿,沿着窗户缝挤到窗户外头去了。啪!蜗牛从窗户上掉到地上,也摔昏过去了。

2

尽管苍蝇频频碰壁,可从来也看不起蜗牛那一套。有时飞得慢点儿,心里就慌慌的:我不是变成蜗牛了吧!怎么慢吞吞的呢?

蜗牛看到苍蝇永恒的失败,更是坚定了爬行的决心。

广播体操

1

广播体操算得上一项伟大发明。每天早上,几亿儿童少年一同手舞足蹈,算是一桩奇观。

广播体操是我少年时代的大烦恼。我上了五年小学、六年中学,从七十年代末到八十年代末,做了十一年。

据说做广播体操能增强体质,我一直不大相信。这玩艺儿,动作扭扭捏捏、傻里傻气,软绵绵的;自己做的时候尴尬,看别人做的时候脸红。如此日复一日、年复一年,实际上任何一块肌肉、一只器官也不曾得到锻炼。

据说中华武术源远流长、门派众多,广播体操的设计者如果博采众长,大概不至于搞不出几个利索的套路。可他们居然对冬泳前的热身动作情有独钟,阔胸、踢腿、伸胳臂、压胯,最后来几个"上蹿下跳"。

这劳什子的广播体操,你非但要做,还得装出很认真的样子才行!否则四处逡巡的班主任、带着红袖章的值日生便神不知鬼不觉地从你背后冒出来,以集体的名义向你发出警告。

那么多班级伙在一块儿做操,每个班的动作是不是协调,纪律是不是涣散,都一目了然。在偶尔莅临督察的校领导们看来,这些都事关重大,是跟天下兴亡都联系在一起的。班主任老师也就少不了用那种心忧天下的神情关注着我们的一举一动。

我是个爱走神的学生,上课的时候经常把课本挡在脑门前头偷偷做小动作。这广播体操却是注意力的试金石,班主任大人们又个个火眼金睛,所以我做操时少不得被批评,这弄得我惶惶不安。眼睛四下里溜湫，像个正在作奸犯科的贼。

这千篇一律的，疯疯颠颠的运动，让我厌烦、令我疲软、让我想偷懒。

只要校方一段时间不抓，我们就开始敷衍了事，连最较真最严厉的班主任也阻挡不了这江河日下的颓势。

于是便有了广播体操比赛。

2

我在中学念书的时候，一年总有几次广播体操比赛。这种比赛也跟九年制义务教育一样，强制性的。有时甚至连班主任大人都奉命和我们扎一块儿起舞弄影。

举行劳什子的广播体操比赛旨在"展示各班集体的精神面貌。"说是"展示，"其实是"振作，"是小型的整风运动——前面说了，广播体操令人厌烦叫人疲软，如果不搞几次比赛，排几回名次，大家的"精神面貌"还不知要沦落到什么地步！

在我中学时代的母校，每当举行这种比赛，校长大人总要立在大操场北端的一个小观礼台上，背着手，挺起腰板，作雄视天下状。我们则一律穿上白衬衫蓝裤子，排着队，一本正经地桩在大操场中央那块因不停地被使用而永远长不完整的草皮上。

赛前校长照例要用故意提高一个八度的嗓门作一段演讲。因为我们是重点中学，在演讲里校长少不了反复跟我们提醒我们所肩负的责任，我们的不可限量的未来，以及我们多么令他失望的精神现状……口气越来越怒气冲冲，眉宇间（我初中时个矮，老站在前排）也越来越清晰地透出恨铁不成钢的神色来。

这种演讲千篇一律，听一次和听一百次是一样一样的。

但每回都会有一股崇高感沿着我的脊锥骨从后背麻酥酥地朝后脑勺上爬,等到比赛结束之后它又荡然无存。班主任小徐曾经很生动地描述了这种生理现象:"你们!听的时候——激动,回去想想——感动,做的时候——不动!"哈哈哈哈,小徐对我们这个差等班一向忧心忡忡。他的恨铁不成钢也是在为自己着急呀——将来的升学率怎办?

后来小徐用不着忧心忡忡了,他在我们升初三的当儿跳槽去政府部门当了公务员。再后来,他在一个下午的自习课上回我们班看我们——彼时我们正是初三的第二学期,都在埋着头写作业。我记得他经过我的课桌前停下来,对我说:"訾非,长高啦!"嚯,当了几天官,学会平易近人了!以前他对我这样的学生可是虎视眈眈的啊。

不扯那么远了。校长大人讲完话,把讲稿揣进中山装的上衣口袋,顺着观礼台一侧的台阶背着手走下来,比赛便正式开始。这种比赛里你可不能掉以轻心,一不留神你就会出茬子,给整个班集体"抹黑"。假如你做操时早伸一条腿或晚收半只胳膊,那么全班的"精神面貌"便被你"破坏"了!你必须如履薄冰、相形见绌。

因为是比赛,同学们的求胜之心被充分挑逗起来,个个跃跃欲试,却不知道力气该往哪儿使。

哪个班集体最"精神?"当然是最整齐划一的那个。最好几十只胳膊挥起来像一只胳膊;几十条腿踢起来像一条腿;几十个人蹦跳时像一个人在蹦跳。

最好是一个班几十个学生完成"整理运动"后立定,像个集成块似地方正整齐!

整齐划一就是美,就是好。这就是校领导和班主任们的审美标准。他们会啧啧赞叹:看!初三(1)班的,齐刷刷!顶呱呱!

不过，在审美方面，如果说他们是那种只知道整齐、对称的呆子，也不公平。实际上他们中很有几个喜欢中国绘画的；他们赞赏的是枯藤、老树、昏鸦、怪石、断桥、残雪。这种审美情趣上的自相矛盾能气死弗洛伊德。

有这么一群不可思议的恩师，有伟大的广播体操，我们的训练不可谓不完备、不持久。我们也不负众望，出落得举止笨拙、行为刻板、与世无争、令人满意。

3

除了广播体操，还有那种在眼皮上摸来摸去的眼保健操。这东西旨在"预防近视、保护视力"。可是有了它我们的视力依旧每况愈下。

眼保健操的效用和广播体操一样可疑——每天用手指头在眼皮上摸两回，便能保护视力？这大概又是一个一厢情愿的办法。要减少近视，最有效的对策是减轻学业负担。但这又是不可能的，我们的教育信条是：铁杵磨成针，十年不出门，小车不倒尽管推。

不管怎样，命你每日在眼皮上摸两回，是为你好。可不幸这又是一件你可干但不可以不干的事儿。生活里这种事儿很多，比如念书、比如工作，但是这些事儿都有令人信服的借口。甚至广播体操，即使不能强身健体，至少可以培养"集体主义精神"。那什么可以成为我们每天在眼皮上耳根上煞有介事地自摸两遍的理由呢？

说句公道话，做眼保健操比做广播体操还是要好受一些，至少动作不那么扭扭捏捏的叫你脸红。真正使你难受的是眼保健操口令和伴奏音乐。

我就读的小学和中学的教室里都安着有线喇叭。每天早上和下午的两个固定的时刻，眼保健操的前奏音乐便从校广播站的录音机通过四通八达的电线钻进每一间教室,不由分说地向我们宣布我们的教育方针——那是一位大姐用比平时高一个八度的失真嗓子在讲话:"我们的教育方针是……都得到发展,成为有社会主义觉悟的,有文化的,劳动者……眼保健操,开——始——"

她那虔诚与傲慢、关怀与痴呆相交加的语调,至今还在我的记忆里神出鬼没,在我衰弱的神经系统内窜来窜去。"劳动者"的"者"字扬上去、扬上去,像公鸡打鸣,似牝猫叫春。"开始"两个字拖得很长,像饕餮佬锲而不舍地啃咬一块牛皮糖,腻得你喉咙发痒——从来没听过如此造作的声音!

眼保健操的伴奏音乐也是毫无美感,叮——叮——呤——叮——叮——叮——呤——叮——叮——叮——呤——叮——叮——呤——叮……这神经质的伴奏音乐真是呆子设计的,像有一只手在玩弄着你的耳骨,把三根小骨头从耳朵的小黑窟窿里一根根掏出来砸碎。于是你头脑发昏,几欲夺门走——却又不能。所有的同学都服服帖帖,连最调皮捣蛋、以欺负其他同学为己任的学生也是如此。如果有校领导来检查,我们更是会尽力装出一副"画眉深浅如时无"的媚态来。

4

我还想回过头来和你聊聊跟广播体操比赛有关的事情。每次广播体操比赛,获第一名的班级总要派一个学生代表上观礼台领奖并讲话。这个学生必须是个优秀生,能代表整个班甚至整个学校的。我印象最深的一次是在初中的时候。大概是在初二,一个班派了一个小个子学生去讲话。那个小个子当时是风流人物——学习好、身体好,据说品德也很好。他登上台去,连校长大人也忙不迭冲上前替他调整话筒的高度。

小个子上台发言，也是用那种高八度的语调。（那年月只要大家上台，自然就会无师自通地用这种与在台下迥异的方式说话。）

事隔许多年，我没法把小个子的话原原本本回忆出来，但大意我还记得。他说，我们是祖国的希望，早晨的太阳，前途无量，一定要好好学习、天天向上，将来"诺贝尔物理学奖、化学奖……"我们都将当仁不让（双引号里是他的原话）。

"诺贝尔物理学奖、化学奖……"这几个词我记得十分清楚；他说到这几个词时嗓音抬得更高，听起来怪异刺耳又万分神圣。与此同时，我听到周围的同学们一阵哄笑。

我想他们大概不是在嘲笑诺贝尔——彼时大家崇拜还来不及呢——可能是觉得这小个子的口气太牛了吧。说那么没边儿的话，简直像在宣布将来全世界的雷暴雨都将落到我们滁州小城来！

从那个中学毕业后，在不同的地方，我碰到了不少像小个子这样的人，口气大得能把月亮吹走，同时又服服帖帖，把自个儿照顾得很周到。小个子如今已经在美利坚当上了小布尔乔亚。听说他在私宅的墙上还东一个西一个地挂着数张在中小学年月里挣的奖状，看来小时候落下的病根还不曾痊愈。

还有一件事，也跟广播体操有关。

初中时我们班上有个女同学，叫丁春雨。她有点不同寻常——她是全校唯一一个在少儿体校跳艺术体操的。我们做早操的时候，她经常在观礼台上为全校学生带操（也就是做样板）。加上丁春雨时不时在一些运动会上拿奖，她成了我们班的骄傲。

初一年级第二学期的一次广播体操比赛之后，校长要求丁春雨同学上台为大家表演艺术体操。这大概是事先安排的，因为丁春雨进了观礼台一侧的小房间里，不一会儿出来时，白衬衫蓝裤子竟然换成了青春得体的体操服。

那是我这辈子第一次看艺术体操。给丁春雨伴奏的摇滚乐铿锵奔放，充满青春的诱惑。相比之下，广播体操那半死不活的伴奏简直不能叫伴奏。丁春雨操纵着一只白色排球，在观礼台灰蒙蒙的水泥地面上翩然起舞，弄得尘土飞扬；那只排球与丁春雨若即若离，很神气地在空中飘来荡去。突然，排球触到观礼台低矮的顶棚，急速反弹回来，丁春雨便一个仓促的滚翻将其接住——那个观礼台于她这个舞者而言是太逼仄了。

但是逐渐地丁春雨适应了观礼台狭小的空间，舞得愈来愈顺畅，愈来愈令我们眼花缭乱，那激越铿锵的音乐仿佛由她颤动的青春肢体里挥洒出来，那只排球宛若被音乐的流水推举着在空中浮动旋转。

丁春雨表情专注陶醉，旁若无人。忽而那音乐缓慢下来柔和下来。她置身于一个透明的、律动的世界里，像一头月光下的小鹿熠熠生辉。

大伙儿都看得目瞪口呆。

待丁春雨"整顿衣裳起敛容，"掌声像暴雨一般涌上台去，并且持续了很久。我们班的同学更是兴高采烈，连班主任小徐也感到脸上有光——我们在广播体操比赛中得了个倒数第二，大家觉得十分丢脸，丁春雨的表演又把我们的面子挣回来啦。

可是好景不长。众人巴掌上的红晕尚没有褪去，丁春雨还在观礼台一侧的小房间里换回白衬衫蓝裤子，校长大人正在沿着观礼台的小台阶背着手往上爬，流言便从不知什么地方传播开去。传到我们班的时候我们才明白，众人窃窃私语的那几个字是："精神污染。"

班里几个刚才还拼命鼓掌的女同学，脸上立刻涌出羞愧的表情，一道残阳由巴掌移到了脸上。

据说这"精神污染"的说法是另一个班的女班主任随口说出的；她说这种话或许是因为嫉妒吧——谁知道呢——在那样的重点中学，班主任之间的竞争也是相当激烈的。但是这蜚语却共鸣似地飞速传遍操场。

丁春雨回到班集体的队伍之中，往教室走去时，往日跟她要好的女同学们都不好意思答理她，甚至于对她还有些怨忿呢。

吃力不讨好的丁春雨，头发上顶着灰尘，抚摸着在观礼台的水泥地面上磕出的几块伤口，闷闷不乐地往回走。大家像对待麻风病人似地着意跟她保持着距离。

后来丁春雨被招入省体操队，离开了学校，当时她初中还没毕业。

我很羡慕她那么早就不用做广播体操了。

2001.3—5

童年的绿豆汤

1

转眼我也到了爱忆苦思甜的年纪了,喜欢唠叨一些过去的事情。现在我要

讲的,是童年的绿豆汤。

我说的这事儿大概发生在 1976 年,当时我不满六岁,与祖父祖母生活在皖北的一个小村子里。那个村子农民的主业是种梨树,著名的砀山酥梨就产在那一带。大家也种五谷杂粮,因为要交公粮,要吃饭,当时梨子的价钱很贱,秋天下了梨也挣不了几个钱;而且买粮要凭票——农村人哪来的粮票?种粮食还有另一个用途,就是喂猪,因为猪粪是梨树追肥的最好原料。

当时人吃的和猪吃的并没有太大的不同,差别只是用餐的先后次序。我们的食物主要是蒸红薯、煮红薯、红薯干、红薯面和豆杂面(在北方,"面"有"面粉"的意思,不一定指"面条,"这里指的就是面粉。)猪吃的是这些东西的下脚料和泔脚,当然,如果运气好,碰上有余粮的人家,猪也能吃上一顿半顿红薯或红薯干什么的。

红薯是一种要命的食物,蒸煮出来食用,久之你的胃会变成个醋缸,说不定还会穿孔;晒成红薯干,下了锅老有一股子霉味儿,吃起来烂渣渣的,像咀嚼墙上剥下来的石灰片儿;最可怕的是红薯面,炕出的饼子黑里透白,居然有橡胶的质地和气味。

豆杂面要比红薯面的味道稍强一点,这是一种用黄豆、高粱和其他杂七杂八的谷物混在一起磨成的粉。之所以叫豆杂面,而不叫高粱杂面或者玉米杂面,乃是因为豆粉在增强该

面的凝聚力上功不可没。假如没有豆粉,那么高粱粉、玉米粉之类就真成了杂牌军,一盘散沙了。当然,即便有了豆粉的加盟,这凝聚力的改善也不过聊胜于无罢了,你没法用它做包子水饺,只能勉强弄个形状下锅。

豆杂面有一丝莫名其妙的甜味儿,既不是甘蔗的那种甜,也不是蜂蜜的那种甜;豆杂面的甜味,用四川人的话说,就是有点"歪",有如苦恼人的微笑、傻瓜的奉承,叫人怎么琢磨怎么不是味儿。蒸熟了的豆杂面也黑得古怪,不是黑豆、黑芝麻那种黑,而是黑里透黄,是——牛粪的那种黑!

这豆杂面,不管你是捏成窝头,摁成饼子,还是切成比皮带还宽的面条(防止断裂),吃下肚去总是沉甸甸的不肯消化,像是打算在肚子里安家。

有人问,这豆杂面做的面条比皮带还宽,怎么个吃法啊?答:当海带吃呗。

我可不是说笑话,我们那儿有一种叫"下面皮"的吃法,就是把豆杂面擀成锅盖大小、厚如鞋底的皮儿,然后胡乱切上几刀直接扔下锅煮熟。

现在那个村子里的人已经不吃红薯和豆杂面这些东西了,都让给了猪。说明这些东西并不适合人类长期食用——这真理是颠扑不破的。

记得在1985年,河南《商丘报》有个记者写了一篇报道,说一度贫困的商丘地区随着温饱问题的基本解决,多数农民都不吃杂粮了。结果"物以稀为贵",为供人们调剂生活,改换口味,各种窝窝头反而纷纷应市。河南商丘离皖北只有一步之遥,我可以作证,这报道基本上属实,但要更正的是,豆杂面这东西至今仍旧既不"稀"也不"贵。"农民是不怎么吃了,可猪还是要吃的。城里人真是猪口夺食吗?读读该记者如下的报道就知道是咋回事了:

"光复街二胡同9号居民、退休老工人梁如贵对记者说：现在，全市已有十多户人家卖窝窝头，有的农民也进城卖窝窝头。他们或用高粱、黄豆磨的豆杂面掺上白面粉，或用红薯面掺白面粉、红薯叶做成咸、甜两种窝窝头，佐以辣椒和香油出售。梁如贵每天卖出一百多个，两个来小时即可卖完。十一月六日，记者特意花两角钱买了一个豆杂面窝窝头，就着辣椒趁热吃下，果然觉得满口溢香。"（1985年11月13日《商丘报》作者张同德）

好个"佐以辣椒和香油出售"，当我不久前又在网上检索出这篇当年获了奖的报道时，眼镜儿在鼻梁子上仍然戴不住——你听说过卖馒头包子的佐以辣椒和香油出售吗？掺了不知多少白面，又"佐以辣椒和香油"，还得"趁热吃下"，可见豆杂面实在不是人吃的东西，经过辣椒、香油、白面的大力加持，说不定还有味精、五香粉，才勉强有了点出息。于是张记者才能买一个，"趁热吃下"。我敢打赌，打那之后张记者就再没有"满口溢香"过。

如今几乎二十年过去了，这种经过洗心革面的"豆杂面"仍旧没能在城市里发扬光大，这说明，要想把猪的粮食改造成人的粮食，何等困难。

人应该吃大米白面，就像牛儿应该吃草而不是去啃树皮。但是，人怎么就落到不得不吃豆杂面，啃红薯的份上了呢？这个中原因我已经想了二十多年，至今也不能算是很明白。不过有一点是很清楚的，那就是：在那个七十年代的乡村里，大家并不是种不出大米白面来。

每年收麦子的时节我们便有白面，收水稻的时节我们便有大米。在我的记忆里，那几年我的确吃过一碗白米饭，那是在某年收了水稻之后。奶奶用家门口的石臼舂了些大米，略略淘了淘便下了锅（石臼舂出来的米很细碎，细淘的话会淘出乳白的米水，奶奶心痛，便不细淘）。煮米饭的活计奶奶显然不在行，她老人家把米煮成了饭不饭、粥不粥的东西。尽管如此，那顿白米饭依旧香气逼人，吃得我忘乎所以，只企望此等美食天天有。

我一向对奶奶的厨艺不敢恭维，但那碗白米饭的滋味始终让我念念不忘，现在想起来还"满口溢香。"可见那句老话之正确——巧妇难为无米之炊。

要想让一家子人不吃得吹胡子瞪眼，大米白面必须大大地有啊。

可是在那个年月我们只能在收获日里吃一回白米饭，在过年的时候食用一点秋收时留下的白面。其余的稻谷小麦都交了公粮。

实际上，假如不交公粮，大家恐怕不会去种水稻小麦，因为土地少梨树多，要吃饱肚子还不如地里都种上产量高的红薯。那计划经济的年头，种梨子这种"经济作物"是一件最不经济的事，但是梨树大家是舍不得砍的，那是几辈人的心血，即使饿肚子，也只能硬撑下去。

然而城里人、公家人是要大米白面伺候的，决不会与百姓同食豆杂面，除非如上面提到的"佐以辣椒香油。"

唐人张籍有《野老歌》云："苗疏税多不得食，输入官仓化为土。""化为土"或许有点夸张，但是当我八九岁的时候进城念书，在一个县委大院里生活，最初的数年的确年年吃陈米，以免公家的粮食化为尘土。

小时候听老人们谈起大灾之年，搞不懂为什么饿死的大都是种粮食的人。

后来才明白："任是深山更深处，也应无计避征徭。"正如枪杆子底下出政权，政权底下也出粮食。粮食的多寡与精粗，是和权力的大小成正比的,跟是谁种的倒没有关系。有权者粮多而数寡,无权者粮少而数众;难怪一边总是"酒肉臭,"而另一边稍不留神就成"冻死骨"了。

2

说了半天,还是没讲到绿豆汤的事儿,您一定着急了。我这就撇开别的不谈,说说绿豆汤吧。

绿豆这东西是否属于公粮之列,我不甚清楚,总之大家是要种一些的。或许是在过年节时蒸糕做饼之用吧。在那个村子里,到了五月端午大家便互赠绿豆糕,用粗糙的红色油纸包着,很像是自家制做。但那时我可没把端午的绿豆糕和绿豆联系起来。绿豆对我来说是比绿豆糕还稀罕之物,因为绿豆一旦收获晒干,很快便神秘地消失了。

尽管如此,有一年,大约是在1976年,绿豆收获时,一个夏天的晚上,奶奶还是淘了两海碗豆,搁了红糖,热热闹闹地煮了一大锅汤。

绿豆要是煮起汤来,它的清香是盖不住的;当我闻到绿豆汤的清香时,口水也是挡不住的。可尽管不绝如缕的香气早早地便从锅里飘出来,那汤却总也不成。我站在灶台边,心里头痒痒的,老想伸手去揭锅盖,被奶奶制止了,她说:"别动,毛仔,掀一掀,烧半天!"

等着等着我就困得要命——看来当晚这绿豆汤是喝不成了。

我是在大半夜里被奶奶叫醒的——绿豆汤成了。于是一家子——我的两个未出嫁的姑姑,我的爷爷奶奶和我——就围坐在一张油迹斑斑的灰木头方桌四周喝汤。桌子上摆了一盏朦朦胧胧的煤油灯,灯的影子在桌面上跳来跳去。

不知你看过凡高的早期作品《食土豆者》没有,那晚我们喝绿豆汤的情景跟它颇为相像。跟画上不同的是：我奶奶慈眉善目，而画上那位倒茶的老主妇却面目凶恶，让人想起《罪与罚》里的那个榨人血汗的老太婆。另一个不同是：画上的人们在吃土豆，而我们是在喝绿豆汤。当然，我们也吃土豆，不过不在那天晚上。

绿豆汤是世界上最好的汤——呃，讲到这儿，请容我暂时搁笔，我要去厨房找找，看有没有绿豆。先去煮一锅汤再说——尽管我没有奶奶那口煮得下半头羊的大铁锅。（那锅如果翻过来，就像个黑色蒙古包，如果一只老鼠掉进去，就跟掉进海里差不多了。）

3

好啦，我已经将绿豆下了锅，还找到了一小袋小米，地道中国产的，也搁了进去。两全其美。

我找不到合适的锅，将就用一只高压锅，但是没盖盖儿；要知道，盖盖子的高压锅可煮不得绿豆汤，尤其当你用的是去皮绿豆，那会要了你的命，在最走运的情况下那锅汤也会让天花板喝了去。

以下的文字便是在煮绿豆醉人的香气中写的。

我和爷爷、奶奶、和两个姑姑在灯影子跳舞的桌上喝绿豆汤时，其实谁也看不清汤是什么样子的，因为灯光太弱了；仿佛到了半夜，连煤油灯也会打盹儿似的。

所以那才叫喝汤，四周黑乎乎，你靠的是鼻子闻，舌头尝，而眼睛的作用不是看，而是感受从大海碗里飘出的香喷喷的热气儿——彼时连眉毛都是有味觉的啊。

我的小脑袋扒在桌子上，大人们低声说话时朦胧的、催人欲睡的声音、筷子和碗摩擦发出蚕啮般的沙沙声、灶中已盖灭的柴火偶尔的劈啪炸响，（有时幽暗的灶堂里还会有柴火

"突"地一下复燃起来,猛然照亮灶房的四壁和人们的脸。),这些都在我的周围浮动,令你感到温暖安全。你看见过初生的婴儿闭着眼睛钻在母亲怀里吃奶的情景吗?我那天晚上喝汤时就是此等模样。

在母亲怀里吃奶的孩子总是适可而止,而我喝开汤来却没完没了。这可不能怪我,那时侯永远是豆杂面和红薯,连吃一回土豆都像过年似的高兴。面对一大锅绿豆汤,我能不像一只在空柜子里关了三天的老鼠见到一桶香油似的把持不住吗?况且,我还等了大半夜哩。

幸好奶奶煮了整整一锅绿豆汤,而那口锅又大得赛过蒙古包,否则我一定在喝了自己那碗之后,又把奶奶的那碗要过来,再把爷爷的那碗要过来,然后把二姑那碗要过来,最后去和只比我大四岁的小姑抢她那一碗。你一定以为我在说大话,不幸的是,那晚我整整喝了六大碗绿豆汤。

这意味着,当我把最后一碗绿豆汤喝下肚,准备站起来去睡觉时,发现自己已经站不起来了。我只要轻轻一使劲,便牵肠挂肚地痛。我不知道人的胃是不是在坐着的时候容量最大?兴许是吧,否则庙里的弥勒佛干吗成天捧着个大肚子坐在门口,跟喝了六碗绿豆汤似的。

站是站不起来了,像弥勒佛似地坐着罢。但是渐渐地,就算我坐在那里,肚子也疼得受不了啦。六碗绿豆汤在我胀成蛤蟆的肚皮里徐徐下坠,像六艘被击沉的航空母舰。

大家一时着了慌,七手八脚地把我抬起来,送进卧房,小心翼翼在炕上放平。

我直挺挺地躺在那里,并不觉得更好受一些;那炕又平又硬,把我的背掰得笔直,肚皮也就不得不纵向伸展,把满盛着绿豆汤的胃往后背上压。只要稍稍一动就痛得冒汗。我担心肚子随时会像个熟透的西瓜爆裂开来,所以连翻个身都不敢,只能像个孕妇似地躺在炕上。

我奶奶那天夜里一定急得不行，因为之后的几天奶奶老是唠叨着这件事儿，"要是撑个好逮怎么向你爹交代！"好像我是大难不死似的。那天夜里我躺在床上并不知道大家急成什么样儿，因为我所有的精力都集中在肚子上了——后来竟迷迷糊糊地睡着了。快到天明的时候，一觉醒来，上了几趟茅房，便没事了。

后来奶奶逢人便说："这阿毛喝了六碗绿豆汤咧！"听得这话，我便挺起腰板，拍拍肚皮，露出一副不在话下的神气——好在人们并不知道那晚我被撑的熊样儿。

打那之后奶奶就再没给我做过绿豆汤了，我也不再没命地喝汤，于是平安地活到现在。几年前读余华的小说《活着》，看到苦根被半锅煮豆子撑死了，不禁潸然泪下，想起了童年的绿豆汤，肚子也隐隐作痛起来。类似苦根的事情过去一定发生了不少。从那些上了年纪的人的叙述中，我听说从前的孩子有被枣核儿、鸡骨头卡住死掉的，有吃炒豆子喝水撑死的，有年糕八宝饭吃多了得急性肠胃病不治而死的，不一而足。到了我小时候，这样的惨事倒没碰到过。而现在的孩子，因为没有挨过饿或尝过豆杂面的滋味，吃起东西来绝没有我们当年的迅猛劲儿，就更不容易被什么东西卡住或撑着啦。

如今常听人说，吃些粗杂粮，营养方能均衡，细米白面最不宜于健康了。但是人们宁肯大把吃药也不肯吃豆杂面，说明人的食性毕竟是和猪不同；与猪同食，那是不得已。不过，有些人好日子过多了，不免产生尝一尝猪食的冲动，这情有可原。可是，假如他说那东西"满口溢香，"他一定是在扯淡。

好了，我的绿豆汤已经煮好，这篇《童年的绿豆汤》也该止笔了。

2001.12.27 于佐治亚雅典城

李嫂

1

星期天一大早,李嫂就埋怨儿子:都是你,不是你放个没完,咱的车咋能丢!

小宝也不含糊:"妈,风筝飞不上去,您不也急得猴似的!"

"猴似的?!你这孩子多大了?敢说你妈猴似的!"

这孩子十岁。

"车丢了能怨我?"

"不怨你怨谁,要不是你放个没完……"

"行了妈,再买一个不就得了。"

"再买一个?咱家开银行是怎么着?"

"不就一自行车么。"

"不就一自行车!你这孩子口气忒大!不就一自行车!"

李嫂去厨房做早饭,那辆半新的"云里飘"又在脑子里飘。车骑了一年多,还真有点儿舍不得。该死的偷车贼!抓着他,把脑浆子拍出来!——宝儿这孩子也不争气,丢了车,没事人儿似的,唉,现在的孩子!李嫂摇摇头,把泛着油沫的荷包蛋翻了个身,用铲子在上头使劲按;滋滋声里,把带孩子去科技馆的计划取消了。想想科技馆门票钱刚好抵上一辆半新自行车,心头松了些。偷眼看小宝——坐床头穿袜子呢。怎么跟他说?肯定又是闹,现在的孩子!上次去动物园,看完猴子看熊猫,看完熊猫看大象,最后非要进海洋馆,门票一百!没让他去,好家伙,一个星期都不给你好脸儿,让他爹带着吃了顿肯德基,弄一大堆玩具回来,才算摆平,真不知道赔了还是赚了。唉,现在的孩子!

2

小区门口是那个修自行车的小王，X 省来的，正低着头给一辆车补胎，锉刀在桔红的内胎上贴切地蹭，声音又涩又麻，听得人心惊肉跳。滋滋滋滋。

"有旧车卖吗？"李嫂问。

"没有！"（滋滋滋滋）

"怎么会！卖一辆，不少给钱。"

"没有没有，销赃咱可不敢，派出所正抓呢——要不你去家乐福，新车才一百多！"（滋滋滋滋）

"新车，那还不是给偷车的买啊！"

"瞧您说的，都买旧车，人家车厂不是都倒闭了？"（滋滋滋滋滋）

"别废话！有车没有？！"

"没有没有。"（滋滋）

"你就装吧你。"

"销赃咱可不敢。"小王抄了一把黑乎乎的剪刀，在一条已被剪得七零八碎的内胎上嚓嚓地铰，铰下枣儿大小的一块胎皮，在刚才锉过的内胎上抹了胶，把这一小块胎皮贴上去了。

"真没有？！"

"没有——大姐！您有这工夫，旧车店也跑了几趟了。"

3

超市晚上八点半下班，李嫂换下员工服出门，外面已黑透。超市门前空地上停得到处是卖水果的三轮车，还有几个卖光碟的小摊儿。水果是柚子、柿子、冬枣、金桔、石榴。石榴太贵，柚子孩子又不爱吃，买冬枣？昨天孩子没去成科技馆，哭了半个上午——买个石榴吧，拳头大的石榴，买两个。卖光碟的两个摊主手忙脚乱起来，把铺地上的布片儿一兜，一系,往背上一扔,转眼人就不见了。李嫂抬眼看去:一辆警车开来,停在路边。下来一巡警,进超市——人家来买东西呢,你们紧张个屁;超市都关门了你买个屁,牛什么你牛。

石榴买了,沿小街往家走。

"光盘要吗? VCD、DVD"街拐角的一个外地女人,抱着个一岁大小的孩子。VCD、DVD,这女人把CD两个音连起来念,舌头一卷,很滑溜。也难怪,人家一天得念几千个VCD、DVD吧。"光盘要吗? VCD、DVD"那人迎着她的目光念。李嫂往超市那边指了指:"警察!"——吓唬吓唬她。可这外地女人冲她一乐,露出一排黄牙:"新光盘,新光盘要么?!"

买过几次毛片,有那么一两回,碟子拿回家一放,电脑软件! 缺德不?

抱个孩子还这么缺德。孩子长得土,真不知道是怎么养的。城里的孩子,随便养着也没这么土。你不能找个僻静的地方? 光天化日的,光盘要么光盘要么。

毛片里那些人干那事老是兢兢业业的,比自己用收款机算帐还认真。真亏了那些碟子,要不孩他爸怕是碰都不肯碰自己一下子了。结婚十一年,都结婚十一年了。这条街,谈恋爱的时候孩他爸把自己送回家,一走就是一个多钟头,还是冬天。不坐车,都像喝醉了似的,现在你让他陪着你走一里地试试?

怎么着明天也得买辆自行车了,二十分钟的路,走起来特无聊! 小宝说妈妈妈妈我最喜欢你,脸上的笑甜得蜜似的,妈妈妈妈我最喜欢你,怎么转眼就十岁了,难得听到一回甜言蜜语了。电视里广告成天教唆着买这买那,哪里是广告,简直就是蛊惑!

小区对面的公园门口,下班的人来人往,公园里也不冷清。车就在这里丢的。星期六来公园放风筝,几步远的路还骑车过来，真是懒得出奇。风筝是在公园小卖部买的，十块钱一个，是鼓着两只大眼睛一身通红的金鱼。风紧一阵慢一阵，刮的时候死刮，停的时候死停。风筝上去一半，风停了，风筝忽悠几下，就翻着跟头跌下来，急死人。记得上小学的时候一群同学去紫竹院放风筝，都是自己糊的，什么样的都有。二十几个同学，十几个风筝，折腾了整整一天，一个也没飞起来。飞不起来当然有点失望，可那阵子心情特好，天也特蓝。怎么转眼二三十年就过去了，跟一辈子似的。

小区门口，小王居然还没收摊。

"没有没有，李嫂，这阵子派出所紧着呢！"

4

居委会杨主任来了："李嫂，这礼拜六休息？"

"大主任啊，啥吩咐？"

"中央电视台，知道么？"

"不知道的那是外星人。"

"一儿童教育节目，要派现场观众，咱们街道有十个名额，礼拜六，去不去？"

"去去去去，长这么大还没见过电视台里啥样呢。"

礼拜六转眼就来了，电视台果然来了面包车，小区十几个女人，球球妈、秀秀妈、超儿妈……加上居委会杨主任，青一色的中年妇女，鼓鼓都都塞了一车。

车开了足有一个钟头，穿过大半个城市，电视台终于到了，高楼林立，窗明几净，这地方可真不赖。

演播室忒小！能坐几十个人，挤在一块儿，热忽忽的。红沙发，又旧又笨，那个难看——坐上去倒还软和。

"钱都是让这帮主持人搞去了！"球球妈跟秀秀妈嘀咕。

"被谁搞去了还不一定呢。"超儿妈插了一嘴。

"本人姓童,性别,女,婚姻状况,已婚,年龄,保密……"主持人有点殷勤地做着自我介绍,走下台来跟大家握手。

大家都激动地把手伸过去,脸上不由自主都是笑;李嫂也跟主持人握手,心口跳得厉害,嘭嘭的。心口咋跳得那么厉害呢?

童主持人回到台上,几个被采访的农村孩子也进来了,分坐在台上几只沙发上,怯生生的样子。

"瞧瞧人家童主持!得有小三十了吧,那皮肤,那小腮帮子,都掐得出水来!"她们在台下交头接耳。

"那叫吹弹可破!"

"呵呵呵呵呵呵。"

"吃这碗饭的嘛,又有钱,SK-II 可着劲用。"

"SK-II,球球妈,您音发得真准,伦敦腔,你家孩他爸肯定没少给您买。"秀秀妈一脸坏笑。

"呵呵呵呵。"

"买?!那天跟老刘开玩笑,说过生日送我 SK-II?你猜他说什么?"

"说什么?"

"'送你一挺 AK-47!'——这是人话嘛?!"

"呵呵呵呵呵呵呵。

呵呵呵呵呵呵呵。"

"瞧人家主持人,老公还不得菩萨似地供着?敢动一指头?大小也是张国脸!"

"保养滋润啊,您瞧瞧,吹弹可破!"

"吹弹可破?您就没见过吹弹可破,深圳二奶村,去过没?那里的女的个顶个吹弹可破,小样儿打扮的——别说男人,就咱们女人也想多看两眼哩。"

"呵呵呵呵呵呵。

呵呵呵呵呵呵呵。"

"您没事上二奶村干嘛去了？"

"呵呵呵呵呵呵。

"现场观众注意了，请大家保持安静……"

节目正式开始，童主持人开始采访台上的几个孩子。是西部一小学的，说话小心翼翼的，都知道顺着大人的意思。全是孤儿，讲他们进城上学的经历、跟城里孩子的关系……

"什么儿童教育节目，诓咱们哪。"几个女人恍然大悟似地纷纷点头。

5

礼拜天一早就有人打电话过来，李嫂接电话："喂，谁呀？老高？哪个老高？"

孩他爸把电话抢过去："喂！老高？老高啊！操！"

老高从南方回来，在长城饭店订了一桌，不准带家属。孩他爸挂了电话，半天腰都没直起来："几十个高中同学，就数这姓高的最出息了！"

"又去垫底儿？"

"垫底儿？！吓！"孩他爸挺了挺胸，"别糟贱我！"

"那可是你以前说的，去垫底儿。"

"你老糟贱我！"

"我糟贱你？瞧你那熊样儿！接个电话都快钻到桌子底下去了。"

孩他爸挺了挺腰："不带家属！"

"稀罕！"

这两年孩他爸同学聚会也忒多，都是混出点名堂的人张罗。孩他爸去就带一张嘴，吃饭、拍马屁。回来，免不了灰溜溜的。

"孩他爸？！"

孩他爸转眼就不见了，肯定去拾掇他那头发去了。出息！小宝，起来！

小宝用拳头抹着眼角的眼屎，慢吞吞地套着衣裳。

"快点穿，瞧你那熊样，跟你爹一样！"

"我爹怎么啦！"

"没出息！"

"我爹怎么没出息了？！"

"好，好，记吃不记打。"

"谁打我了！谁敢打我！"

还挺横，小东西，在外面蔫得面人似的，就知道在家横——没用啊。

6

公园溜冰场里都是孩子，都快中午了，不知老师是哪个，还在不在。

呃，原来老师也是半大孩子，二十多岁的样子，又瘦又高，像根旗杆，穿着黑裤子黑T恤，弯腰忽忽悠悠地滑，后面跟了一串孩子，就像在跟谁玩老鹰抓小鸡。身后的小鸡叽叽喳喳，已经滑得像模像样了。

"这么练，孩子不会练出驼背来吧？"

"放心吧阿姨，轮滑好着呢。"

"小宝，叫老师。"

"老师！"

"跟老师好好学！"

小宝被小伙子领着，去一边儿换鞋去了。

李嫂找了块石头坐下来，看慢吞吞换鞋的小宝，又抬头望天。天上呼啦啦飘的全是风筝。风好，上去的就快，今天要是拿风筝来，准保一撒手就飞上去。

小宝换好了鞋，颤巍巍站着，老师叫他弓腰，不敢。老师使劲儿摁，摁不下去。真像他爹，犟。不知怎么的，胸口突突地跳起来。十多年前的事情一下子就跑出来了。

孩他爸跟自己见第三回，还有俩灯泡，他爹的朋友，开着面包车接的他们——老高，对了，有老高，还有老姚，那时候都是胡同串子。老高买了辆旧面包车跑出租，送他们去东来顺，喝了酒又开回来。她跟孩他爸下了车，沿着公园门口这条街走，也就走了几步，老高他们还没上车呢。有个骑自行车的撞孩他爸后腰上了。骑自行车的说了句什么？"你没长眼睛？！"不对。"怎么走的道儿？！"不对。"你会不会走道儿？！"对了。"你会不会走道儿？！"孩他爸一听就急了："老子不会！！老子教你！！"一把把人家从车上薅下来，两人打成一团。忽然老高跟老姚一人提一刀就过来了，孩他爸接过一把，在人脑瓜子上砍，那血……自己顿时就晕过去了，醒过来发现自己躺在医院床上。

"妈！咱不学了行吗？"儿子来到跟前，打断她的思路，"还是去练武。"

"瞧你那出息，才几分钟又打退堂鼓！"

孩他爸就想让孩子学武术，刀枪棍棒摸爬滚打的。

小宝又被老师弄走了，滑了几下，扑通摔在地上。李嫂心头又是一揪。

孩他爸说要不是你晕过去了，我差点儿就把那孙子废了，你晕得真及时。孩他爸被叫到派出所，她也陪着去。被砍的那人在场，脑袋缠得跟阿拉伯人似的。派出所那帮人对孩他爸够可以的。"你总得赔人点儿？"趁那人上厕所的功夫所长悄声对他们说。

她跟他说往后可不能这样了，派出所不是你家开的，真要闹出人命来谁护得了你。这话没用,他还是老样子,她就不打算嫁他了。后来一来二去的就有了小宝,不嫁也不行了。

小宝一落地,得,孩他爸不在外头混了。"你怎么不在外头混了?"李嫂问了好些回。不说。最后问烦了:怕别人弄咱儿子。

儿子上幼儿园那阵子他最像个爹了,早送晚接,都是他的事儿。下午还差半个钟头,他就跑幼儿园门口蹲着去了,蹲在一大堆老头老太大姑娘小媳妇中间,眼巴巴地等着幼儿园看门老头开门,也不嫌寒碜。开了门他第一个冲进去,老远就喊"儿子!儿子!"小宝闻声就从教室里冲出来。

小宝刚三岁的时候,他爹就给他买了辆小自行车。小宝高兴得什么似的,成天推着车东跑西颠。学不会,成天推着,是宝贝。车后座上还有个塑料的小盒子,小宝就把玩具、糖果什么的装进去。

小宝拖着轮滑鞋在大理石地面上啪嗒啪嗒地走,像只大鸭子。

那天中午小宝骑着他的宝贝自行车玩。已经三岁半了,能坐在车座上由孩他爸扶着骑一段。

她出来喊小宝回去吃饭。孩子不肯,还要再玩一会儿。每次都是这样,该吃饭了,该上幼儿园了,该回家了,他老是"再玩一会儿。"

"儿子,回家吃饭了,"孩他爸说。

"再玩一会儿。"

"咱们下午再玩。"

"不行!"

"走了!"孩他爸把车往回推。

"不!"

"回去!"

"不!"孩子去掰他爹的手。

"回去!"

"不!"孩子猛地一扭,车倒在地上,小宝也摔在地上,大哭。

他抓起那车,几步就走到院子里,把车呼地一下扔到房顶上。

穿黑T恤的大孩子拉着小宝在滑。小宝畏畏缩缩的,好像随时都会摔倒的样子。

那辆小自行车呆在房顶上有六、七年了,都生了锈,后座上的塑料盒子也变了形。人在院子里一抬头就能看到。有时她在院子里看着那车发呆。

小自行车被孩他爸扔到房上的第二天,他又给儿子买了辆新的,比房顶上那个还好。他跟儿子说:"好好的,别惹你爸生气,听爸的话,爸给你买好东西。"小宝没说话。

小宝可没那么容易就"好好的"了,没多久,孩他爸把小宝的遥控汽车砸了。那天是小宝的生日,车也是当天买的。

小宝从来不提这些往情,也很少哭,真奇怪啊。

妈妈妈妈,咱们回家吧。哦,课上完了。她看到儿子拎着溜冰鞋朝她走来。

黑T恤也走过来了。

"老师,这孩子不省心吧。"她指着小宝,一脸歉意。

"哪儿呀,这孩子多老实啊,现在这种孩子都少见了。"黑T恤笑得满面春风。

孩子们都走了,李嫂和黑T恤带着小宝走出公园,经过小王的修车摊。

"有车没？"李嫂漫不经心地问小王。

"没有没有。"

"您要旧自行车啊，那容易，下礼拜天我就给您弄一辆——您急用吗？"

"不急。"

她给黑T恤留了电话号码，多少钱一定告诉我，别客气。

7

晚上十二点孩他爸回来了，满口酒气，灰溜溜的。

"老高又给你灌迷魂汤了？"李嫂在床上支起半个身子。

孩他爸做了一个挥手要打的姿势，手伸出去一段，掐断了似的掉下来。

"你就不能精神点儿。"李嫂说。

"我精神着呢。"

孩他爸凑过来，动作依然灰溜溜的，弄来弄去，根本就不行。索性罢了手，顺手摸了烟叼在嘴上。

"不许抽！"

他把烟从嘴巴上揪下来，往旮旯里一扔，倒在床上。

"这狗日的老高，把咱穷人最后那点乐子都给糟蹋了。"他说。

8

转眼星期三，李嫂还是走路去上班。下班的时候还是路过公园门口。

小王兴奋地叫住李嫂："大姐，大姐！您瞧瞧这个！"

"人家都洗手了，我说是我嫂子要啊，人家才给个面子。那兄弟，好人啊，

他说您要是还要，明天再给你弄一个来。"

那车就是她的"云里飘"。

李嫂给了钱,推上自己那辆云里飘,朝支架上猛踢一脚。

"大姐,您别跟车叫劲呐。"

"我偏要跟它较劲!"

她心里也疼啊,丢了这么些天,竟然找着了,真不让人省心!

厨房里一点儿动静没有,这老东西,估计又找芙蓉里餐馆老板打扑克去了。呸!天天在家待着不上班,做个饭接送个孩子看把他委屈的。

进卧室,孩他爸在床头忙活呢。一只打开的手提箱卧在床上,他往里头塞衣服。

"这是要干啥?"

"我他妈的要去南边!"

"是老高撺掇的吧。"

"还用他撺掇?!"孩他爸啪地合上提箱,"小宝!"

小宝应声从院子里跑进门。

"给我乖乖的!等我回来给你买好东西。"

小宝点头,又摇头。

9

礼拜天的公园里还是老样子,放风筝的放风筝,抖空竹的抖空竹,小孩子们在滑梯上爬上爬下。

黑T恤和一群孩子弯着腰嗖地一声打她和小宝面前滑过,都伸手朝她和小宝挥,有的挥成个小尾巴。

小宝换鞋,系鞋带,等黑T恤他们再次经过面前,就被一只看不见的手拽了进去。

一圈、两圈、三圈、四圈……

足足有十圈呢。

终于休息了。

"姐!看看您的车去!"黑T恤果然没食言。

车停在公园外面。车是进不了公园的,自行车也不行。又大又黑的老永久,你就让姐骑这车?

"车好着呢,姐你骑骑试试?"

"姐不骑,你骑给姐看!"

黑永久载着黑T恤冲上小街,转眼就在小街尽头黑成一个点。

黑点转而又大起来,摇晃起来,"姐——"

又成了个黑点。

小街上人不多,容得下这个黑点窜来窜去。

"姐,姐上来试试,试试!"他指着车后座,一只脚撑在地上。

姐摇头。

"试试!姐!"被拒绝的黑T恤还是笑得那么灿烂。

车骑得真像飞一样,她手抓车骨架,后来就不得不抱在他腰上。一路向着小街尽头飞。

真的像飞一样!

小宝把轮滑鞋搁在地上,向飞来飞去的自行车拍手。

10

一星期过得又快又慢,又是礼拜天了。

"姐!"他和孩子们依旧在场上飞。只有三个孩子,她和小宝来得早。

加上小宝,四个孩子一个牵着一个,串成一溜儿,李嫂心头一跳一跳的。

"飞啦——飞啦!"小宝喊。

一圈,两圈,三圈,四圈……

"姐!您看小宝进步怎样?"黑T恤突然站到她面前,一条腿还没立稳，在打着转。

她就慌着神把手里乌蓝的一团递到他眼前。

"给我的？"

"代小宝他爸谢你。"她撒了个谎。

转眼黑T恤就把黑T恤脱下来，换上蓝T恤，就是嘛，蓝的更帅。

孩子们已经转了一圈回来，看到他身上的蓝T恤，都笑起来。

"去去去，有什么可笑的！"他赶他们，他们就像一群鸟儿，扑棱棱又飞到场上去了。

"孩子就是快乐，什么都有意思。"她说。

蓝T恤向她行了个礼，追到场上去了。

11

说着说着秋天就到了。蛰伏了一个夏天的月季，突然又热闹闹开起来了。T恤换成了衬衫，蓝T恤换成了黑衬衫。

天气真好，礼拜天学完轮滑，又可以放风筝了。风筝飞到高高的蓝空气里，三个人都看到发呆。

"小宝先回家，我陪老师买件衣裳。"

小宝看着风筝，依旧发呆。

"小宝？"

"姐，让他自个儿放吧。"

她可不放心。风筝收起来，把小宝送进小区，她一颗心才算放下来。

她赶到商场，黑衬衫坐在门口。

蓝衬衫、白衬衫、画格的衬衫，一一试过了，穿上去都很帅。没有不帅的。

他们穿过的小区，他租的房子就在那儿。他说那家主人出国了，把花草托付给他，给他减了不少房租呢。

是一楼的房子，门前用铁篱笆拦出一个小花园，长着一株曲里拐弯的葡萄、一株俊朗的苹果树。苹果树上有苹果，葡萄藤上也结结实实地挂着葡萄。还有一小片月季，开成好几种颜色。

12

从秋天到冬天，日子过得最快。她站在光秃秃的葡萄藤下，看光秃秃的苹果树。

她从商场来，顺理成章地拐到他门口。她给小宝买了一件新羽绒服，陪着他看电影。《超人总动员》，小孩子喜欢的东西多虚幻，她一分钟也不想看。出来透透气，就拐到这葡萄藤下了。

他也在看电影呢，慢吞吞的欧洲电影。他请她喝茶，还拿出一大袋瓜子儿。

她坐在沙发上，看一会儿就疲倦了。

被脱掉的感觉是她抵御不了的。羽绒服，羽绒裤，薄毛衣，薄毛裤……一件件落到床脚，就堆成一座山。这山还在不断增长着高度，时间要多漫长有多漫长。

他呢，手忙脚乱的，她衣物之多始料未及。

窗子上惊天动地的一声巨响，把她从云霄里直接打落到地上。

堆积成山的衣服，又一件件回到身上。录像带倒带的感觉。

13

走回电影院大厅里，电影已经散了。小宝手里拿着蛋筒冰激凌，默默地等着李嫂走过来。

他们两个走到街上，冷风一吹，李嫂才意识到小宝手里还拿着冰激凌呢。于是折回电影院。

"这么冷的天，买什么冰激凌。"

小宝不说话，用两颗大门牙去咬冰激凌外面包着的脆皮。

14

又过了两天，孩他爸从南方回来了。说是回家过年，可离过年还有一个多月呢。"回来就不出去了。"他说。

礼拜天，李嫂从角落里找到轮滑鞋：一只还好，另一只鞋，四个轮子歪了俩——没法穿了。

"你怎么弄的。"孩他爸对小宝生气。

"摔坏了。"她说。

她让他爸去送。

孩他爸领了他出门，李嫂就望着被遗弃在家里的轮滑鞋发愣。后来就做饭去了。

小宝回来看到满桌的美食，大惊小怪地叫，又遭到孩他爸的呵斥。

"今天轮滑学得怎样？"李嫂问。

"好！"

"好？你啥时候能谦虚点儿！"孩他爸又吼了一嗓子。

"老师都说我棒。"小宝蔫下来了。

"你们老师冲哪个学生都伸大拇哥。"

孩他爸说，小老师真不错，借小宝一双鞋上课，结束了还带他们去商场试鞋买鞋，真不错。

15

转眼就到过年后了，这个星期天，依旧是孩他爸送小宝去学轮滑。李嫂没啥事可做，就去逛商场。一直逛到中午。

到家都十二点了，等到十二点半，爷俩还是没回来。

电话打到孩他爸手机上，半天没人接。

李嫂急了。打一个，再打一个，那边终于接了，孩他爸说他和儿子在派出所呢。

没等这句话听完，她已经冲出门去了。

派出所里坐了好几个人。小宝手拿一只面包，正在啃它。

"小宝！"

"孩子没事！"民警示意她坐下。她看到孩他爸坐在一边，没缺胳膊没少腿；又看到黑T恤头缠绷带。跟黑T恤并排坐着的，是城管——胳膊上缠着绷带。

还有修车的小王，头上也缠着跟黑T恤一样的绷带，一看就是同一个护士的手笔。

轮到民警盘问小王了。

"你怎么能骂人呢。"

"我没骂他。"

"那他刚才说的都是讹你？"民警指了指城管。

"他骂我！"城管站起来。

"我没有！"

"你有！"城管把一双眼睛四下里踅摸。

"你坐下——找啥？还找你的板砖？"

"他打我！"小王说。

"我没打你。"城管说。

"他打我！"小王也要站起来，被民警隔空按住了。

"你没骂他他干嘛打你？"

"谁知道，神经病。"

"你神经病！"城管又站起来。

"他叫你搬摊儿你干嘛不搬？"

"我凭什么搬！"

"他难道说不是执行公务？你换个地方那么难？"

"谁说我不搬。"

"你刚才说凭什么搬来着——"

"他要是跟我客客气气的我能不搬？"

"他怎么个不客气了？"

"他要是像您这样都算客气了。"

"那你用脏话骂人家是不是太过分？"

"我没骂。"

"你们两个听见他骂没有？"民警看看黑T恤，又看看小宝他爸。

小宝他爸摇头，黑T恤不说话。

小宝放下面包："王叔叔骂人了，他骂城管叔叔'妈的个X的'。"

李嫂伸手去拧小宝。

"孩子的话不能信！"小王说。

"他骂你，你就用板砖敲他？"民警又看着城管。

"我不用板砖用啥砖？"

"你是咋搞的？"民警看黑T恤。

"他不都说了嘛。"黑T恤指指城管。

"他打我！"城管指黑T恤。

"他用板砖砸王哥，我拉他，他就砸我，我就用轮滑鞋砸他。"

"是他先砸我的，你看看，你看看，我这胳膊都快断了。"城管把胳膊抬到脖子底下。

民警转眼去找小宝，小宝已经被李嫂哄到院子里去了。

"你也是，小王骂你你就拿砖？"民警问城管。

"骂我别的行，骂我妈，他敢骂我妈！"城管又要站起来。

16

孩他爸向李嫂保证，这事他没参与，他只是把他们拉开而已，打电话报了警，"要是我年轻的时候，那城管活不活着还不一定。"

黑T恤拘留五天出来，倒也没耽误给孩子们上轮滑课。星期天上完课，被孩他爸拽到家里来吃饭。

他还会做菜呢，土豆青椒被他抄得脆生生的，胡萝卜也炒得脆生生的。饭桌上，孩他爸称他"老弟"，他称孩他爸"老哥"。俩人酒喝了不少。

孩他爸说想找人打架，有好多年没好好打一架了。

黑T恤问他最想跟谁打，他说最想跟老高打。

老高是谁？

是我哥们，现在在深圳当老板了，操。

为啥要跟他打。

憋屈呗，人一阔……

他看不起您？

你瞧他那样："哥！管好您的事儿，别老来烦我！"孩他爸学着老高的腔调。

您一定插手人家公司事务了。

插手？他那也叫公司？孩他爸从兜里掏出手机滴滴答答地按了一通。

老高？老高！——是啊！——操！——不回去了——哪里！就咱们这交情——没有没有！——操！——我说，我给你介绍个能干的——是啊——那是一定的！

孩他爸把手机踹回兜里，告诉黑T恤：老高要你过去，你可别给哥哥我丢脸。

17

星期六一整天,李嫂都没见着小宝,她以为他去同学家玩去了。到吃晚饭的时候,还没回来,她就有点儿急了。四处打了一通电话,都没有。天都黑了好一阵子了,李嫂有点疯疯癫癫的了。俩人轮流出来找。小区里,没有。公园里,没有。学校里,没有。小街上,没有。大街上,没有。

没有。

报警!

年龄:十岁。

性别:男。

身高:一米四一。

胖瘦:略胖。

穿什么样衣服:蓝色羽绒服,黑色牛仔裤。

……

"啊啊啊,同志,你们打算怎么找啊……我早知道就……了……"李嫂且哭且问且诉。

18

第二天早上,黑T恤打电话给一宿没合眼还在轮流上街奔波的两个人,说他刚到深圳,在深圳火车站碰到了小宝。他说他一下车,就看到小宝站在月台上。

小宝不肯回去!他说他要跟着老师在深圳混。

后来宝儿说,他是跟着老师上的火车,在车上没跟老师打招呼,一直到深圳了他才出现在老师面前。

这孩子,太贼了!

19

李嫂、孩他爸直奔机场。一张机票就花掉一个月工资,两张,两个月的。孩他爸安慰她:孩子不是找着了吗?菩萨保佑呵;咱们索性就他妈旅游一次,你不是还没坐过飞机?我都还没坐过!

这真是李嫂这辈子第一次坐飞机。新整修的一号航站楼也是第一次看到。站在这么敞亮的地方,心里都敞亮起来了。

上一次来接人还是琴同学回国那次呢。郝琴从出口出来她都没认出来。等郝同学推着箱子凑到她面前,把一只香喷喷的手搭在她肩膀上,她才恍然大悟,一瞬间她觉得自己是土星人。后来几天天天陪着老同学出去喝酒吃饭,才觉得人还是那个人,不管土星火星,人还是人。

飞机忽悠一下子上了天,越爬越高,让她捏了一大把冷汗。后来机身放平了,心里一块倾斜的石头才又搁踏实了。

她朝舷窗下望去:街道好小啊,横一根线竖一根线;车也好小啊,是蚂蚁在爬;人呢,小得看不见!

"人可真渺小。"李嫂心头一叹。

她觉得可不能让"渺小"这个酸溜溜的词脱口而出,不然孩他爸又要笑话她了……

2004-2005年作于北京
2005-2014年修改于北京

声声慢

1

站在赤阑桥上望肥河,是一汪碧绿的水。清水款款东去,不兴波澜,却愈加显得无尽无期。

两岸垂柳,已然绽露新芽,放眼望去,嫩绿鹅黄的,都是我江南故乡熟识的颜色。

蓦地一声号角,划过空阔的河面。不待它消逝,接着又是一声,怅惘的余音,在河面上久久回荡。我这才想到,合肥曾是一座边城。

皇帝偏安于南,完颜氏守成于北,多年未有战事,这几声号角,焉能催发警戒振奋之心?

赤阑桥斑驳陈旧,而它十年前就是这副模样。当初是谁、为何把它染成赤红的颜色?

不远处那座歌馆,倒与这桥相映成趣,墙壁亦是赤红,又垂了朱红的帘幕,在嫩柳掩映下,一派喜庆气氛。

十年倏忽,我已韶华渐逝,不复当年青春做伴的风采与神气。而此河、此桥、此歌馆,竟然只有依稀仿佛的变化。

十年前,我凭倚在这桥上,却不是现在的季节。那是淳熙七年元旦之日,彼时北风把桥身吹得呼呼作响,枯索的树梢呜咽啜泣,街巷上行人寥落;那是个苦寒的冬夜。在砭人肌肤的寒气里,渴望着家乡如火的红日和爽朗的晴空,乡关之情也就恣意袭来。我在北风里裹紧衣衫,瑟瑟发抖,却不肯返回自己孤伶的住处。

十年前,是何人在深夜弹筝,更兼琵琶与吟唱?"寻— 寻— 觅— 觅,冷— 冷— 清— 清……"纡徐舒缓,抑扬高下,曲曲折折,一声声都弹拨在心上。循声眺望,那歌馆点亮几盏朱红的灯笼——它们在北风里摇曳明灭,仿佛随时都会掉落进冷风的怀袖之中。我走下赤阑桥,沿着青石铺就的河边小路走向鲜艳的灯笼。行至近处,听得有人在灯下用我不甚明白的方言商量,接着便有人持了细长的竹竿,把几盏灯笼一个一个小心取下,拿回屋里去了。

风大若此,还是当心些好。

古筝声停,琵琶与吟唱却兀自沿着逶迤的曲调推进,她正唱到:"雁过也,正伤心……"已是第二遍了。

2

红,兴许是小城合肥钟爱的颜色。否则,怎会有那么多叫"红"的女子。红字前头,戴了长幼之序,便是"大红""二红""小红"了。你在街头巷尾唤一声"小红",不知有多少女子要回过头来。

十多年前的事已经很遥远了,而今新帝都已登基,完颜氏亦换了新主,但这静悄悄的肥河,依然旧时模样。街头当然依旧走着许多叫"红"的女子。

十年前,两位梁姓女子,弹琵琶的梅红,弹筝的桃红,姊妹两个,皆一身红妆。姐姐梅红有沉郁温婉的神色,令人过目难忘。而桃红像只雀儿,推了筝,就蹦跳嬉闹,烛光下尽是她晃动不息的娇艳颜色——她还是个小孩儿。

那夜楼上,听梅红声声弹唱清真居士的《苏幕遮》,我恍惚回到故乡河汊纵横的鄱阳。星罗棋布的湖塘里,夏日尽是接天的莲叶、映日的荷花;在忽而浓郁、忽而淡雅的香味里,蜻蜓游移往复。我梦见那么多粉红的、纯白的花瓣在四周怒放,木桨一声声把白亮的水花推到身后。忽而我又在汉阳的水面上浮荡,回到我此生最美妙的少年时光,研读浮藻游鱼之畔，吟哦瘦石孤花之间，清幽的曲调萦绕心头，著意寻时，却又似流云攫撷不住。

十年前，听梅红弹唱《苏幕遮》，我已两度不第，二十有六了。那样的年纪，虽不至全然绝望，而展望前程，委实没有聊以自慰的理由。在那个年纪回望少年志向，怎能不感慨系之。在汉阳日日研读的年少时日，我的梦想当然不在红巾翠袖间。我的英雄是辛通判——二十多岁就揭竿而起，驰骋纵横于金人的北方，这样的事迹，再没有什么传奇堪与媲美。听大人们讲述通判故事，我每每热血沸涌，直想出门上马，随他去做一番惊天动地的事业。

而十六岁那年，读通判新作《水龙吟》，却又别是一番滋味。通判失意彷徨的况味，我亦心有戚戚。彼时我在丧父之痛、生活的流离辗转中情怀苍悯。那首《水龙吟》，我感佩沉吟，不知几千遍乃已。我二十二岁路过扬州，写《扬州慢》，其黍离之悲，当然是受了它的熏染。

符离溃败，难道是无可挽回的最后一役？隆兴和议，谁敢说是永恒的和平。

如今我已三十六岁，少时的英雄梦想，早已随风逝去，我也失掉纵马横刀的冲动。至于金榜题名的奢望，如今亦如风云流散。第与不第，不都一样蹉跎岁月。尔时辛通判都失掉了豪迈气质，吟出"旧恨春江流不尽，新恨云山千叠"这样婉约的词句了。

十年前那个夜晚，梅红轻拢慢捻，弹唱《苏幕遮》；继而桃红和着梅红的琵琶唱一曲《浣溪纱》，我吹箫伴之，忘乎所以。一曲新词，去年天气，那时候并没有想到身后的这十年流离。

再其后，旧曲新词，所唱多矣，如今重去追忆，却大都失掉了印象。

深夜我辞别她们，踅进赤阑桥西的幽深巷陌中。

回到住处，心头漾动的，都是梅红神情，不能入眠。那样的目光，仿若月光浸透单薄的衣衫，又如微小的烛火在夜雪初积的窗塍点燃。

我披衣起身，在冰冷的院子里踯躅彷徨，看到角落一株瘦弱的腊梅，高未过膝，却花开朵朵，暗香隐约。

3

十年前，夜夜去那个红色的歌馆，听歌喉婉转，琴瑟玲珑，也为梅红和桃红写词，制曲，却没有得意之作。《扬州慢》后，四年未有可用之词；备考数载，只落得文思滞钝，乐思枯竭。

那次巢湖之游宛然在目。正是夏末，三人出城，向西南而行；梅红一袭青衣，桃红绯衣翠裤。一路上，吟词唱和，大半日方抵湖畔。我们诣了中庙，便叫了船家，登上木舟，朝湖心隐约的姥山划去。

望着越来越远的中庙，船家指了它自豪地说："那个建在岩上的庙，有九百年了。"桃红玩笑说，难怪那几个凭栏远眺的和尚如此老而慵懒。

梅红说："古庙老僧，倒是一幅图画。"

我问船家，湖边可有大姆庙？船家诧异，"此地有圣妃庙，没有大姆庙。"

梅红说："公子一定说的是《青琐高议》上的传奇。"

我说，少时瞒了先生偷读无用之书，内有《大姆记》一篇，说巢湖古时乃一片陆地，名为巢州。居民误食龙肉，得罪上苍，于是陆陷为湖，从此渔者不敢在湖中垂钓，亦不敢在船上吹箫鼓敲。

船家笑曰："不吹不敲？没得此事！"

传奇当然不足为信，不过我还是希望有座姆庙，可以安放我少时的梦境。我问两位女子："这湖中有龙，你们信否？"

桃红说信，言必便有畏惧之色，而梅红笑而不答。

若论眹域，巢湖远非我故乡的鄱阳湖可比，然而泛舟其上，极目远眺，也是一碧万顷、难窥垠崖。我枕舷而卧，恍兮惚兮，仿佛与天地合一。于是漂泊之苦、羁旅之忧一扫而空。至今我还记得木桨泼溅的水声，梅红、桃红的明眸与清音，热风滑过耳畔的呼呼声响和清爽的水气，还记得木舟倏忽的摇晃和船舷上清晰的木纹。在船家的渔歌声里，一缕倦意迎着灼目的日光浮上半空。

那天日高云清，湖中姥山宛若碧玉盘中一只青螺。三人弃舟登山，先诣圣妃庙。

庙中列坐十三位女神，神态各异、但共有着同一种庄严。梅红与桃红燃了香，一一肃然拜过。湖风透过庙门，掀动仙姥衣袂，她们栩栩如生。我疾步逃出庙外，怕仙姥们忽而张口，说出我的命运。

橙红的落日在远处空阔的水线上荡漾，一只白色水鸟笔直地朝落日飞去，它悠悠翕动的羽翼有如两只船桨。

空中鸟，水中鱼，走在尘世上的人，哪一个会有真正可靠的归宿呢。

姥山上参差十几家农户，庭前院后遍植果蔬，同陆上人家别无二致。在这方寸孤岛上生活，他们也都悉心耕凿，一丝不苟的。

我们进了一家张灯结彩的客店，找了一张靠窗的桌子，要了酒菜。窗外天色由红而青，由青而黑。

待我们走出店外，已是月上中天。

月光把湖面映照成深邃的铜镜，俯仰之间都神秘叵测。

人世无非碧落黄泉之间一层绵薄而短暂的虚空。永恒之所在上，也在下，独不在这世上。然而在我彼时二十余岁的年纪，从梅红眼中窥见的，是尘世中的永恒。

那是全然无望的共度一生,永生永世的想法。

翌日清晨,在啁晰的蝉声和细碎的鸟鸣中漫步,梅红说:自古以来,景以文传、文以景传;美景无不因有美文,方能名扬天下。她又说,论景致,巢湖远胜滁州,然而滁有韦应物、六一居士寄情咏物,西涧、琅琊始得大名,世人神往之;而巢湖之水浩浩汤汤,举世比其项背者寥寥,可惜缺了佳文绣句,乃不著于世;公子之《扬州慢》,沉郁清苦,寓意幽远,维扬之名因之锦上添花;公子今游巢姥,若能置文于此,必是画龙点睛,小女子也与有荣焉……

我当然被这溢美之词摇动了凡心,萌发与先贤一争高下的心思。然而正如陆放翁所言,"文章本天成,妙手偶得之",那次在姥山,我并没有那般妙手。如勉强为之,亦不过草率之辞,就像罗隐留在此地的那首失败的七律。而这又让我念及他十试不第的遭遇,不由胸中隐隐作痛。

梅红大约看出我的窘迫,不再催问。在一家酒肆,我从背上取下梅红的琵琶,听她弹唱一曲《鹊踏枝》。"梅落繁枝千万片……过尽征鸿,暮景烟深浅……"

多好的词句,即便不配曲,娓娓读之也催人泪下。"暮景烟深浅"岂不比"大漠孤烟直"多了一层怅惘和隐郁?而转念思之,钟情于暮景黄昏,在那个年纪,未必不是未老先衰。

秋天,梅红放下手中琵琶,缝出嫁的衣裳。一年前与人定下的婚约,终于临近牵红执线的时日。

婚礼还算热闹,新郎是北方寿春来的一个高硕的男人,他携着娇小的梅红,抛绣球,跨马鞍,举步过火盆,有惊无险,皆大欢喜。

歌馆里一下子冷落了许多。最初几日,桃红神色悒然,琴也弹得散乱,又多是悲曲;四五日后,复又快乐起来,举手投足,又显得略略夸张了。

我写了更多的慢调，一反常法，先写词，后谱曲。这些曲子，让桃红来弹，总略显匆促了一些。我那焦燥的批责，她倒不甚介怀，推筝依如小鹿般蹦跳，偶尔竟也说出令人称奇的话语。她说："金木之盟，始有乐声。"我问她从何处听来，她说是梅红。

那年腊月，我决计离肥，乘舟顺流而下。

这时节，合肥人家都在准备新年。原本冷清的街市，突然热闹起来。孩子们分外活跃，坊间处处是他们嬉闹的身影。偶尔几声爆竹，听上去也是欣喜难耐的叫喊。

红歌馆也忙碌起来，客人多了，商旅官家、文人学士，南来北往，在年关将近的时日征鸿一般在这小城停栖淹留。

离肥前夜，在红歌馆，桃红弹唱一曲《玉楼春》："尊前拟把归期说，欲语春容先惨咽。人生自是有情痴，此恨不关风与月。离歌且莫翻新阕，一曲能教肠寸结。直须看尽洛城花，始共春风容易别。"

《玉楼春》后，还是一曲《玉楼春》："洛阳正值芳菲节……。"桃红神情，竟有些幽静含蓄的风致，让我依稀仿佛看到梅红面目。

忽又记得夏末游巢湖时，桃红弹唱文忠公《望江南》，称"献给公子。"梅红指为不妥。桃红不解，我便说，文忠公虽因此词获罪，贬谪滁州，但非此莫能有《醉翁亭记》，祸福相依，孰知其极。

腊月二十那日天寒地冻。正午我踏雪过歌馆，辞别桃红。她执意送我，在单薄的衣衫里瑟缩着，送了一程又一程。直到远郊，回头都已不见赤阑桥。

别后路上，我也曾给桃红寄去书辞一封，托往来的商家带去。待我辗转回到汉阳，已是淳熙八年秋天，收到桃红三封书信。一封是淳熙七年腊月的；另一封，是淳熙八年夏天所书。

我读过肥河上漫天的风雪和帘下摇曳的灯火，又读了夏蝉绵长的呼喊与河畔柳枝轻盈的拂动。

4

六年前，我溯流而上，再次回湖南赴解试，路过合肥。正是淳熙十二年正月。彼时桃红二十有余，已然歌馆行首，言语笑貌不复当年活泼无忌的模样，凭添了些端庄冷清的神态。

我在赤阑桥西的巷陌里住了数日。

那日为桃红索解东坡居士的《水调歌头》。字字句句，桃红心领神会，慧心可嘉。我便劝她填词。她说，儿时听老师授课，谈词人词话，总觉得神乎其技，以为做诗填词断非等闲之辈可为。

我说，为师者总有这种态度，但也不过是自诩罢了，其实填词作句，恰如砍柴挑水，全在磨练修为。

"东坡居士醉里挥毫，《水调歌头》遂成千古绝唱，难道不神奇？"

我说其实天赋如彼者，也断无一蹴而就之功力。《水调歌头》虽妙不可攀，其词句亦多有所出。

桃红便要问个究竟。我一时起了兴致："且说起句的'明月几时有，把酒问青天'，乃化自李太白'举杯邀明月'之境界，且有'青天有月来几时，我今停杯一问之'为其本⋯⋯至于'今夕是何年'，《诗经》里就有'绸缪束薪，三星在天，今夕何夕，见此良人'的句子。楚辞有《越人歌》'今夕何夕，搴舟中流'。唐人《周秦行纪》更是有'共道人间惆怅事，不知今夕是何年'的名句。唐戴叔伦《二灵寺守岁》里亦有'不知今夕是何年'之句⋯⋯再如'千里共婵娟'，其实唐人许浑《怀江南同志》里就有'唯应洞庭月，万里共婵娟'的佳句。再早些，南朝谢庄有'美人迈兮音尘阙，隔千里兮共明月'⋯⋯

东坡居士另一传世之作《卜算子》中的妙笔、梅红最爱的'惊起却回头,此恨无人省'乃化自杜牧的'惊起鸳鸯岂无恨,一双飞去却回头',钱起的'二十五弦弹夜月,不胜清怨却飞来'亦是此种境界……而'飘渺孤鸿影'一句则化自杜甫'谁怜一片影,相失万重云'。"

桃红听了,便说:"如此看来,要吐气自华,须得胸有诗书万卷,小女子才疏学浅,怎敢自命不凡。"

"诗书积淀,虽必不可缺,却也决不是多多益善。青春做伴,少年意气,每每自出抒机,而老来情味寡淡,纵有满腹才学,也佳句难觅。仍以东坡为例,《水调歌头》之后数年,亦是中秋,居士作《念奴娇》,同是吟月,此番新作竟是灵机杳绝,词句如'举杯邀月,对影成三客','起舞徘徊风露下,今夕不知何夕','便欲乘风,翻然归去,'皆自袭他袭,全无蟾宫折桂的气象。"

桃红说:"这诗书之事,还真是叵测难料、高不可攀。"

我说:"天分巍巍如东坡居士者,却最喜隐括前人作品,最甚者莫过于《洞仙歌》,几乎照抄他人词句。可见诗家自有窒碍,无人是神仙。"

桃红说:"填词度曲,又要协律,兼顾平仄,字斟句酌,难乎其技,只怕自己作了,也漏洞百出,见笑于大方。"

我说,词虽囿于平仄音律,但工于句字毕竟还是末技;东坡词多不谐音律,可是善歌者融化其字,则无疵;易安居士不也说,柳永词虽协音律,而词语尘下?

桃红又说,听闻王灼评易安之作,亦颇有微词,不知是何缘故。

我说,李易安情怀似水,幽微蕴藉,若说缺憾,大抵是言尽意尽,余韵不长,然而小疵不掩大醇,名家者各有其病,不好苛求。

桃红说，以女身而兼有才情，怕是福兮祸伏。又说起数年前严蕊一案，唯有喟叹唏嘘。

我说朱公文采斐然，此事却做得未免太过执泥。

桃红忽而转了话题，谈及梅红消息，说她已育有一子一女，夫君在寿春榷场，生意还算顺遂，虽不是锦衣玉食，也算高枕无忧了。

桃红说，梅红要给她在寿春那边寻一门亲事。

5

六年前我再度辞别桃红，继续溯流而上。别前，女人总爱做些缝补之事，一针一线的，缝得越勤，话也就越少。

我劝桃红放下手中针线，去抚筝一歌。她推托良久，才终于答应。我至今还记得她浅吟低唱的词句："濯足夜滩急，晞发北风凉。吴山楚泽行遍，只欠到潇湘……小风疏雨萧萧地，又催下、千行泪。吹箫人去楼空，肠断谁同倚……""鼓钟将就，淮水汤汤，忧心且伤。淑人

君子，怀允不忘……。"

我当然不是淑人君子，第二年，识千岩老人于长沙，与之诗词酬和，过从甚密，不久，与老人的侄女定下婚约——有千岩老人伐柯，这桩婚事在我的游移不定中顺理成章。

揭去红盖头，是一位悒郁娴静的闺绣，她让我想到姐姐——是她当年领着年幼的我，辗转飘零于鄱汉之间。

洞房新燃的修长红烛，摇曳生辉，把陌生的屋子和陌生的女子罩进光华里。这是一桩婚事最好的时光。红烛节节老去，漫长的冬夜就变得愈加漫长。

翌年，举家随千岩老人东迁，自湖北至湖州，沿江而下。

舟过芜湖那天上午，想到合肥近在咫尺，旧事不免又涌上心头。

顺流而下,夜泊金陵,恰是月圆之夜。

在晃荡的舱中睡去,却又打梦里醒来。独坐船尾,看两岸起伏的群山被皓月涂染。极目远眺,天地交接处朦胧一片。金陵与合肥相去不远,但也并非目力所能及。梦里的春天繁花疏柳,莺燕之声时有耳闻,谁端坐椅上,悉心于一针一线。有感于梦,我作了一首《踏莎行》。这婉转曲折的梦,不知是我变作她,还是她借着明月托梦与我,亦或是我的歉意,像冷透千山的月光,在梦中洇染。我逃离金陵,顺流而下,觉得自己再没有勇气回返。

6

南风吹来,赤阑桥下的河水纹脉紊乱,仿佛失意者蹙起的额头。菜花的腥香,也被春风撩扰得忽抑忽扬。我收回十年的记忆,面前的嫩绿鹅黄,复又变得鲜明。

如果没有夹道的垂杨,这座边城,一定减损了大部分春色。但如果没有这柔弱的垂杨,

合肥也不会如此凄凉。

明天就是寒食节了,几只燕子打头顶飞过,它们犹疑的姿态,是在寻觅家园吗。

此刻,谁弹起琵琶,歌声隐约可闻:"……去也终须去,住也如何住……。"

我揣着惴惴的心绪迈下赤阑桥,再次走向那间红歌馆。

廊下大红的灯笼依然鲜艳,它们当然不是十年前的那些,也不是五年前的。

廊柱重新漆过了,镂空的花窗也是。馆主还是旧人,又老了些,也更丰腴了。她让一个女孩端上本地的茶,打听我这几年的行踪与境遇。我一一作答。听说我已不再应试,她摇了头,说:"以公子才气,放弃功名,岂不可惜。"

"是功名弃我。"我说。

"才过而立之年，怎好轻言放弃。"她叹了气，端起茶杯吹了悬浮的叶子，"公子往常最爱我们六安片茶，如今云游江海间，遍品佳茗，六安茶该等而下之了吧。"

"此言差矣，五年前离肥，桃红赠我六安茶，行至江浙，与友共饮，大家都赞为茶中翘楚。"

"桃红曾说，六安茶清香淡雅，可比公子。"

馆主与我谈寒食，谈柳，谈脆弱的介子推，谈梨花，谈韩翃。几年不见，馆主愈发风雅精致了。

7

在合肥巷陌里穿行，不经意捡拾失落多年的记忆：这一处隘巷曾有大红当垆卖酒，那一处斜街小红也曾阶前售花，还有一处有绪红执袖添茶，总总去处，而今都不复当年模样，只有城西那个寿材铺子，竟还是昔人旧物，让你想到死亡的永恒。

在城中走了一遭，才汇聚几分勇气，回到赤阑桥西的寻常巷陌中。我按着歌馆主人的指点，来到一户人家门前。

开门的，是个满面戒备的老人，对我端视良久，才认出我来，他说："公子何事？"

这是梅红与桃红的亚父——两人的生身父母早已亡去。

老人引我进门，在客厅坐了，又去叫桃红。

摆上茶与点心，桃红远远落坐，沉默不语。老人托故离开之后，她仍是正襟危坐，轻轻探问我别后的行踪与生计。

"君何事来此？"

"回湖州，顺道拜访故人故地。"

"想必旅途劳顿。"

"舟船之行，早已习惯。何况江淮间易道良马，春天又是风和日丽。"

"君莫不是回去探望姐姐？"

"正是。"

"夫人贵体安康？"

"小疾常患，无有大恙。"

"这就好。"

在帘侧的阴影里，桃红眉目莫辨，身影依稀旧时模样，曾经清越的声音，已有几分暗哑。

老人复又回到厅堂，桃红起身行礼，退下去了。

他说，桃红已不在歌坊做事，去年定了亲，而今待字闺中，明年择日成婚。

"可喜可贺，晚辈当执礼相庆。"

"公子客气了，我们寒涩之家，婚事亦不免因陋就简，届时略备薄酒，请公子赏光。"

老人客气挽留，要以茶饭相待，被我婉拒。

8

我打算在赤阑桥边的巷陌里住些时日，这里的春天留住了我。

我徒步行至西郊，登上蜀山，看远近茫茫疆土，凄凉之意顿然塞满心胸。

转眼不复青春年少，当年的慷慨意气，都已是明日黄花，报国之志，早就付诸东流。我无所可为，不过是裹紧衣衫，抵御那从身内袭来的阵阵寒意。

傍晚回到住处，有小童送来桃红书信，说她要回歌馆暂做些日子。歌馆的头牌女子家在巢湖，有丧事，一时也找不到可替之人。

"可否来馆写曲？"这是桃红书信中的邀请。

在歌馆摇曳而明亮的红烛下，我看到似曾相识的面孔。

六年光阴，已把一副娇妍面孔消磨得暗然失色。数日前在桃红住处，她瑟缩在角落背光处，我未能细看她的容颜。今日近观，不由得且惊且怜。

看着桃红，想到的却是另一副面孔，也是桃红，却不知何处去了。而桃花又怎说依旧？如今面对桃花，我也不复有少年时的那种欣喜；也不再能作出《扬州慢》那般满意的词曲。辛稼轩三十二岁就自言"老来情味减"，我已三十六岁，焉能不知个中滋味。

寒食节前一日，我尝试写下这合肥春天的号角、鹅黄色的柳枝、盛开的雪白的梨花和碧绿的池塘，又去桃红的住处走访。几日后又是清明，我在桃红住处见到了梅红。这三十多岁的妇人，领着一个已然翩翩少年的儿子从北方来省亲。梅红与年轻时判若两人的容颜，昭示着美的无望和短暂。梅红那么自如地谈起商贾营生，为那些具体而微的细节操心尽意，我又不免惭愧了。我不过是儿女情长之辈，比之于求田问舍，其实等而下之。

桃红要嫁的地方，也是边城寿春。梅红的夫君在榷场的贸易一年旺似一年，桃红的婚事，想必会安排得热闹隆重。

转眼就是绍熙二年了。正月三十，我乘舟东去。

桃红的要求，我一口答应了。我说，秋天你北嫁时，定来相送。

舟过巢湖，我再一次登上姥山。

早春的姥山还是一派冬天气象，若是在江南，此时草色应该隐隐作绿了。只有山坳里谁家种上的一块冬麦，透出些许生机。我拾级而上，听到几声鹧鸪，依然是十多年前的腔调。我又想起上次夏游巢湖的经历。而今举杯邀月，对影也只有三人了。

走在身旁的舟师，以为我是第一次来，殷勤介绍这方圆的景致典故。他说，远处那座中庙建在磐石上，有一千年了。

在圣妃庙前的石凳上小坐。一阵山风料峭吹来，树木应风披靡，忽听得远处湖岸传来箫鼓声。舟师说，是本地百姓为湖神仙姥祝寿。我一时来了兴致，想写一首平韵《满江红》，作为送神之曲。我从庙中借来纸笔，一挥而就。《满江红》旧调用仄韵，多不合音律，如周邦彦"最苦是蝴蝶满园飞，无心扑，"歌者只得把中间"心"字融入去声，方能协律。我一直我都想把它改成平韵，却未能如愿。现在末句用"闻佩环"，就合了音律。我把词抄在一张绿笺上，沉入白浪之中。

9

未等秋天我就回来了。我站在桃红面前，却不能把思考了一个春天的决定畅然说出。桃红惊喜的神色，亦渐然暗淡。

就这样蹉跎了一个月，就是六月了，我又做着离开的打算。桃红问，为何君匆匆来，又匆匆去。我便说与人有约。桃红问我何时归来，我忽又信誓旦旦，说下月一定归来。

10

你姗姗来迟，馆主站在落叶遍地堆积的槐树下告诉我，桃红八月已离肥去北方。

没有梅红和桃红的合肥城，再次成为一座孤城。我复又住进赤阑桥畔的巷陌里，不知何去何从。

秋已过半，窗外细雨潇潇，穿透绿纱涌进屋内的风，已凉意袭人。躺在冷寂的蒲席上，听小城熟悉又陌生的风雨，恍惚如孤舟夜行。冬天眼看就要来了。春秋短暂如离弦之箭，夏冬总是漫长无期。光阴荏苒，于我已是三十六番轮回，我却总不能习惯它匆匆的节律。

我听到宽阔的梧桐叶被雨点不停地敲打,嘈嘈切切的声音充盈空阔的院落,又向屋里涌来。冷静下来的秋意,让浮躁不安的心思沉积宁晏,又让它漂泛得分外辽远。那是一只什么鸟?远远传来,一声声号泣般的鸣叫,竟没有被飒飒的雨声淹没。

不觉间,雨停了,只有叶梢滑落的几点水滴,不期跌落洼中,发出零星的、堕珠般的泠响。隔窗,惊见半轮明月映上高天。

是谁扣动门上铜环,发出清越而迟疑的声响?

是房东赵猷,他推门进来,邀我在院中小坐对饮——"反正夜还漫长。"

在淡淡月色中饮茶,没有丝竹之乐,只有寒蛩凄切断续的微吟。

如果十年心事,能像一场秋雨,潇潇过后,依旧风清月朗,那就真是参透禅义了。

然而赵猷说,比拟并不妥贴,风月虽无情,却也是缠绵牵扯,晴晴雨雨,哪里算是超脱。

赵猷指着檐下的燕巢,说这一双燕子带着新雏,几日前南飞去了——"一定是去了南海。"我说不知南海是何模样。猷说公子可曾读过刘斧《青琐高议》所录《乌衣传》乎?我说少年时读过几篇,君该不会又要说你的乌衣国?

赵君大笑,我却怅然。赵乃滁州乌衣镇人,每每以王谢自娱,近日嗜读传奇志怪,言谈中更是海市蜃楼,不着边际。

不知不觉,天光开始放亮。两人竟是彻夜未眠。

11

转眼冬天也过去了多半,我辞别赵君,离开合肥,赴石湖再度拜谒石湖居士范成大。

我顺流而下,不多日就到了苏州。

弃舟登岸，我踏着积雪赶往石湖。在范村村口，先看到的，是一大片熟悉的梅树。居士仰慕林逋梅妻鹤子的情怀，在村中种下了梅树数亩。居士悉心照料，并写下了《梅谱》。数年不见，梅树又壮茁繁茂了许多。居士在这些梅书间写下的《梅谱》，也已四方传读，奉为经典。

年近古稀的居士出门相迎，依然是笑逐颜开。这位出使金朝不辱使命、写下怆然悲凉《揽辔录》的老臣，如今垂垂老矣。

正隆冬，居士的梅花尚是一些含苞未放的花蕾。居士留我等待花开，说花开时，佳作自然也就来了。我从命，度曲填词，搜尽枯肠，却一无所得。

我深知自己不复有青春年少时的才华与冲动，那些时时萦绕耳际的曲调，也已渐次消失，但我得到了前所未有的宁静，而又惶惶于这宁静。

妙笔再好，终究要归还郭姓；梅花依旧，年复一年，并不减损它的美丽；词人终会老去，活到无动于衷的年纪。如果不是居士一催再催，我定然放弃了。

枯坐梅树下，觅词索句，就想起淳熙七年正月那夜的情景：梅红抱着琵琶伏在桌上睡去了，桃红还在调试我新度的曲，侍童端上热好的米酒。我听侍童说"窗外雪停了"，就唤醒梅红，三人出馆，踏雪沿河一路走去。暗暗地飘来的，是梅花清冷的香气，它盈漾肺腑，把一腔失意都冲决而去。借着月色，我细细端详枝头零星开放的花朵，禁不住伸手去攀摘面前横斜的一枝，触到寒冷彻骨的冰雪。

这大抵就是《龙城录》师雄传奇的本意了：梦醒时，终归只有梅花。

范家的歌女小红，来梅树下唤我，说居士邀我饮酒。

居士在书房吮毫泼墨，见我来了，递过笔来。

于是我写下《暗香》与《疏影》，尽是无奈叹老之句，居士读了,竟说新诗如美人,要美人来唱。

字字句句教小红弹唱《暗香》与《疏影》,看她在弦上灵巧飞动的手指,我不由得想到,年年岁岁,这灵巧的手指,在人世间无数琴弦上飞舞,不曾老去;词曲,也在翻唱和新作中日日更新;琴畔的容颜,老去复新生;而故人故事,却终不可失而复得。

两三日后,小红的弹唱也就纯熟了,我也到了该辞别的时候。在居士这里,我恍然间已居留月余。

别宴上,小红弹唱《暗香》与《疏影》,居士啧啧赞赏,便要小红一唱再唱。

我知道,此作远非《扬州慢》可比。年少襟怀中那一点点风云之气,如今早就涤荡殆尽。我也知道,即便《暗香》《疏影》这样的词作,我今后恐怕也再难得。

接着小红低唱居士的旧作《南柯子》:"怅望梅花驿,凝情杜若洲。香云低处有高楼。可惜高楼,不近木兰舟。缄素双鱼远,题红片叶秋。欲凭江水寄离愁。江已东流,那肯更西流。"

我为居士的自度曲《玉梅令》填的新词,也让小红唱了。词中说"花长好,愿公更健。"而居士说,风烛残年,哪有更健之理,今日一别,恐无再见之时。

居士身体委实不好,羸弱不堪风雪,整个冬天几乎都未出门,他最钟爱的梅花,也只能隔着窗子远远地看。

除夕,我带着小红乘舟远去,期望不久能再见居士,却又隐隐觉得无望。

船上,听小红再次吟唱《暗香》《疏影》,我吹箫伴之,不觉间穿过了多少松林、竹坞和野渡。对于新作,我毕竟还是有一点淡淡的得意,我写诗说:自作新词韵最娇,小红低唱我吹箫,曲终过尽松凌渡,回首烟波十四桥。一路上,有小红陪伴，这寂寞的冬旅凭添了暖意。

12

绍熙二年的情景还历历在目，我却得到居士去世的消息。我在鉴湖的夜色里泛舟，这越中的秋天秋水分外凄凉。我在阒寂的水中听黄庆长吟咏怀乡的词句，不由得也念念思归。

我们系舟登岸，惊起几只沙洲水鸟扑棱高飞。我恨不得明日就北去吊唁，却不能即刻成行。

人生百年，终有一死，但谁又不存有永恒的幻念？

13

冬天我乘舟沿运河而上，来到石湖。此番造访又是天寒地冻的时节，居士的梅花依然未开，居士已不在园中。

物是人非，时光总这样匆促地摧折生灵，不曾放过一个。我们为何而生，为何而死？从未有一个可靠的理由。居士在九泉之下，还能否听到我吹奏的洞箫？终有一天，我也将去那里，那时我又能听到谁在吟咏叹息？

回到越中，已是除夕，两岸人家正忙着贴窗花，贴对联，放鞭炮，热闹地辞旧迎新。轻舟在喜气盈盈的水巷间穿行，头上是孩子们在一座座石桥上奔跑而过。几声箫鼓，也敲打得分外轻快，又格外寒冷。

14

奄忽又是三年，这三年，光宗皇帝终于退位，宁宗身不由己地登基。新帝没有新气象。

吴淞的大雪纷飞，商卿、平甫、朴翁和我，在山寒天迥、云浪四合中泛舟。

至傍晚时分，冬雨淅沥，暮色渐深，愁郁之情也渐次涨满心胸。忆旧追思，怆然不能自已。

然而斯人在何处？

同行者诗兴飞扬，相互撺掇着填词度曲，我也勉强为之。至深夜，收拢各位的新作，竟有五十多首。

记得绍熙辛亥那年除夕，我拜别石湖居士回吴兴，曾赋诗曰："笠泽茫茫雁影微，玉峰重叠护云衣；长桥寂寞春寒夜，只有诗人一舸归。"彼时我其实还不是孤独一人，尚有小红相伴，如今五年淹忽而过，石湖居士驾鹤西去，小红亦出嫁经年，我自己年愈不惑，不禁想到石湖居士《水调歌头》中的句子："细数十年事，十处过中秋。今年新梦，忽到黄鹤旧山头。"

梁溪平甫的庄园腊梅绽放，馨香四溢，朵朵有如掩抑不禁的幽远思绪。此刻，合肥城里，该也是开着同样馥郁的腊梅吧。植物无言，却能天涯共时，同开同落，这让我想到生灵万物的神秘与可畏。

我找了船家，欲赴淮地重游，却突然发现这旅行缺了最重要的东西——我不知自己要确切往何处去。

遣走了船家，我在梅树间独步，看着落日涂染在树上的余晖渐渐淡去，听几只麻雀在雪堆里啁啾，在阵阵梅香里昏昏欲睡。

我辞别平甫，只身回临安。

妻儿见我归来，都欣然快意，孩子们更是欢呼跳跃，只有小女儿一言不发。我这一年往来江浙间，聚少离多，在她眼中，我大抵已是陌生人。

15

庆元三年的新年比往年还要热闹。偏安七十年，皇帝都换了四位，大宋的半壁江山，俨然已是全部；朝野上下，都把杭州作汴州，只当是金瓯无缺。我不曾见得汴梁盛景，而这临安新年的奢华，恐怕也不输于前者。

然而任何繁华景象，总是在传述和梦思里最好，故去的祖辈们曾口口相传的东京，最令人神往而又确乎不可目睹了。

临安城年年大雪，今年也不例外，街巷里满目银白。才正月初十，城里就张灯结彩了。花灯被敦厚的大雪映衬得分外醒目，街上行人乘兴往来，连我这个漂泊羁旅都被感染了几分快乐。

翌日晚上，大街小巷明灯处处，烛光点点，把偌大的城市装缀得空灵缥缈，仿佛不在尘世，仿佛那些兵戈杀伐是前世的事情，再也不会发生。

我携妻率子在城中漫游，孩子们挑着灯笼欢天喜地地奔跑，妻连日的悒郁也一扫而空。我看到稻草缚成的长龙被青布裹身，再密置银烛，一条条在城中蜿蜒逶迤，耀人眼目。走马灯贴上谜语，行人驻足猜想。吴山脚下、沙河塘上，游人如织，熙熙攘攘。我把女儿扛在肩头，每至精彩处，女儿欢呼喜笑，快乐溢于言表。真该让她也举一盏灯笼——可是妻决然不允。

这时候不由得想到那些少年情事，又生出淡淡的悲凉意味。然而这些旧事，其实也只剩了隐约的印象。

正月十五这夜，突然失掉了出门的兴致。我对妻说，春寒料峭，不如留在家里。素喜幽居的妻竟也不依了，小女更是吵着要去苏家巷看傀儡。

我只好独留家中，掩了门，透过寂静的窗帘看一轮圆月执意升起。

淳熙十二年那个寒冬尽头，正月十五，合肥城不也是华灯高悬、皎月如玉？尔时我和桃红在灯影下信步，桥边看水，廊下折梅，不经意间携手同行。她拽了我穿过一条曲折的小巷，来到一处大道边，等在一大群红男绿女间。来自乡里的舞灯队伍，就要从该处进城。孩子们挑着红灯笼，在人群中钻进钻出，淘气的，把新年剩下的爆竹点燃，惹得女孩子们尖声惊叫。

那夜乡人果然举着一条长龙的灯笼，兴冲冲进城，满脸得意神色。龙眼是两盏红烛的灯笼，透过红黄的灯纸，目光忽而炯炯如炬，忽而朦胧似月。龙灯被这些粗大的汉子舞动起来，倒也婉转逶迤。汉子们热切地扭动，又小心翼翼地维持平衡，这样的举动，不免让人想起世间诸多复杂的事：动与静，去与留，战与和，瞻前顾后还是勇往直前……。我痴痴凝望这俯仰翻飞的长龙，竟忘了拉紧手边的桃红。

红烛不慎燃着了龙须，舞灯的乡人，惊惶着躁动了一阵，待仓促扑灭烛火，复又归于从容。而我，却不见了桃红踪影。我沿着漫街的灯火一路寻去，在如织的人流和宝马雕车的香气里渐失路津。一缕淡淡的牵挂飘悬着、颤动着。当我在一处僻静的巷口被桃红叫住，我那异乎寻常的欣喜……桃红举着一只小巧的灯笼，面容被烛光映得绯红。

16

三更后，圆月已升至中天，妻子还未回来。我早早上床歇息，听得窗外邻家的女孩归来时的笑语盈盈。

深夜梦中醒来，妻子已在身边沉睡。我起身披衣，走到窗前，看窗外皓月西垂，桐影散乱，听见几声雀鸣远远传来。我突然想到，自己已四十有三，这一轮圆月于我而言，已是几十番圆缺。依旧是悬浮于世，飘泊无依，来日却已无多。

折身桌前，收拾残稿断笺，吮毫研墨，冥然默坐，略略定下神来。一些词语不期而至，都是愁郁清苦之句：

肥水东流无尽期，当初不合种相思。

梦中未比丹青见,暗里忽惊山鸟啼。
春未绿,鬓先丝,人间别久不成悲。
谁教岁岁红莲夜,两处沉吟各自知。